KB199616

니콜라 보코브
NICOLAS BOKOV

길에서
파리
에서

길에서 파리에서

발행일 : 2021년 4월 15일
지은이 : 니콜라 보코브 Nicolas Bokov
러시아 불어 번역 : Maya Minoustchine
불어 한글 번역 : 김윤정
펴낸곳 : 스틸로그라프 Stylographe

 스틸로그라프

제 2004-9호 (2004. 10. 6)
경상북도 의성군 의성읍 북부길 58-23
+(82)10 - 9560 - 7865
+(82)10 - 9391 - 7865
(+33)06 29 10 36 14
Fax : 054- 832-7865
klaha2100@gmail.com

ISBN 979-11-972289-2-6 03890

잘못 인쇄된 책은 바꾸어 드립니다.

니콜라 보코브
NICOLAS BOKOV

김윤정 옮김

서문

파리는 러시아인들을 이미 만났다. 1815년도에 그들은 우리가 요즘 말하는 대폿집을 창안해 내는 여유도 가졌었다. 더 최근, 두 전쟁 사이에 피난민들, 그들은 택시 운전을 하는 사람들도 많았다.

우리 시대에 파리 사람들의 인생에 그들의 참여는 상당히 다양하다. 개중에는 어느 정도 자발적으로 거리를 누비고 다니는 이들도 있다. 그들 사이에 몇몇은 그들이 보는 것들과 그들이 생각하는 것들의 메모를 남겨 둔다.

러시아가 공산화되자, 나라를 떠났던 니콜라 보코브가 바로 그러한 경우이다. 어언 이십여 년 전의 일이다. 그리고 여기에 바로 그가 말한 '인생 공백기'에 관한 경험을 쓴 책이 있다.

재미있게도 그는 여기에서 순간들과 나날들의 매서움을 감추지 않으면서도, 행복에 대해서 자주 이야기한다. 사실 그는 모든 것을 바꾸어 놓는 귀한 요소, 특별한 재능, 한 가지를 더 소유하고 있다. 그것은 그의 존재의 그리스도적 차원이라고 말할 수 있다. 그는 시야에서 그것을 결코 놓치지 않는다. 그것에서 평안함을 누릴 줄 안다. 그는 다른 사람들에게서 그것을 찾는다.

확실히 그는 정상적인 삶이 주는 안락함이라는 것이 없는, 어쩌면 버려진 인생을 산다. 하지만 이 결핍이라는 것은 또 어쩌면 드물고 숭고한, 어떤 경우에는 또 다른 이름의 자유라는 것을 우리가 잊어서는 안 된다.

안락한 삶은 항상 더 많은 것을 원한다는 것도 잊어서는 안 된다. 어떤 편안함의 선을 넘어서는 순간부터, 그것은 우리가 모르는 사이에 어떤 노예와 같은 형태로 변한다.

"애통한 자는 복이 있나니 그들은 위로를 받으리라."는 황홀경들을 우리가 배우게 된다. 니콜라 보코브는 그럼에도 불구하고 자신은 이미 그러하다고 우리에게 말한다.

하느님의 축복이 그와 함께 하기를.

아베 피에르

1

저녁에 나는 파스퇴르 지하철역으로 간다. 아래로, 뷔퐁 고등학교 건너편에 인적 드문 입구의 매표소 앞이 내가 일하는 나의 서재이다.

비좁은 면에 타일을 발라 놓았다. 좌석 세 자리가 바닥에 나사질이 되었다.

날이 저물면 그리고 교회나 우체국과 같은 다른 공공장소들이 문을 닫기도 해서 나는 이곳으로 온다.

가끔씩 나는 그냥 닫힌 공간에 앉아 있고 싶다.

길에 사는 이가 실내에 있으려는 것이 진정한 필요임을 증명한다. 현재, 나는 기쁨을 시험하기 위해서 아무 곳이라도 들어가면 족하다. 거의 즐거움.

규칙적인 간격을 두고 기차들이 발밑에서 구른다.

그리고 하루 일과를 마친 바쁜 도회지 사람들 중에 한 아가씨가 회전문을 밀고 지나간다.

갑자기, 그들 중에 한 명이 나에게 다가온다.

"안녕하세요! 제가 여기서 당신을 뵙는 게 한두 번이 아닙니다. 그... 왜일까요?..."

"네."

"그런데 당신은... 안 닮으셔서요('거지'라는 말은 삼가하는 편이 더 낳다). 빈민들을요!"

그는 자신이 미래의 화가가 될 학생임을 밝혔다. 그는 일을 너무 많이 한다! 내일 그는 자신의 그림들을 찍은 사진을 보여 주려고 가져올 것이다. 미술을 말한다는 것은 어렵다.

*

석양 하늘의 쪽빛과 자개빛 구름들...

여기서부터 밖으로 빠져나가는 6호선 지하철 노선을 따라, 나는 브르퇴일 길을 향해서 내려간다. 이 길은 파스퇴르 대로에 연이어 있다.

대로 한 가운데에 넓은 잔디밭. 그곳은 생 루이 성당의 황금돔과 십자가로 멀어져가는 플라타너스 가로수에 의해서 휘감기었다.

잔디의 초록면 속에는 아이들을 위한 놀이터로 사각형

모래밭을 끼워 넣었다. 미끄럼틀, 그네 그리고 모래 한 더미.

조용한 커플이 벤치에 앉아 있다. 익숙해진 것처럼. 그들은 아홉 시 반이면 간다. 내가 너무 일찍 온 듯한데...? 어 그래, 아직 삼 분이 남았네!

놀이터는 나지막한 울타리로 둘러져 있다.

밤에 내가 자리를 잡는 곳이 이곳이다, 모래밭으로 곧바로. 울타리는 우연히 나타날 개들과, 내가 반쯤 잠들었을 때 무섭게까지 하는 돌연한 그들의 킁킁거림으로부터 나를 보호한다. 그리고 또 녀석들의 배설물들까지. 사실 그들에게 담장 위를 훌쩍 뛰어넘는 것은 어려운 일이 아니다. 하지만 그들은 그런 짓을 하지 않는다. 문명화 정신은 동물들에게도 스며들었다.

나는 나의 폴리에틸렌 조각을 펼친다(사분에 삼 미터). 그리고 그 위로 내 침낭을 올려놓는다. 이렇게 커다란 비닐을 가지고 있으니, 혹시라도 비가 오기 시작할 때 둘러쓰기에 좋다. 혹은 바람이 세차게 분다거나.

올 봄엔 비가 자주 온다.

나무 벤치 위에 눕는다는 것, 그것은 이점이 있지만, 참 아쉽게 단점도 가지고 있다. 그 위에 누운 사람이 대로의 행인들 쪽에서 봤을 때 눈에 띈다는 점. 당신의 신분증을 확인하려는 경찰 검문으로 잠에서 깰 가능성이 있다(하느님, 감사합니다. 제가 불법 체류자가 아니라서요). 그리고 또 당신에게 떠나라는 명령도 내릴 수 있고. 한 밤중에 다른 잠자리를 찾는다는 것, 그것은 지독히 기분 나쁜 일이다. 당신도 그것을 인정할 것이다.

통상적인 경찰 검문 '푸른 낭테르'들, 노숙자들을 매일 끌어 모으는 특별 단속반은 아침 일곱 시 이전에는 일을 시작하지 않는다.

드문 행인들은 힐끗 쳐다보고는 제 걸음을 재촉한다. 밤은 사람들을 집으로 다시 모이게 한다.

하루가 또 지나갔다. 이 하루는 충분히 흥미로웠다. 몸을 위한 음식도 받았었다. 내 두 눈이 잔인한 것이라곤 아무것도 보지 않았다. 당신에게 감사합니다, 신이시여.

"하늘에 계신 우리 아버지…"

졸음이 천천히 밀려든다. 그것도 온화하게.

나의 머리 위로 하늘이 점점 더 어두워지고, 거기에서 빠르게 움직이며 구름을 관통하는 광선 줄기가 이미 보인다. 왜, 무엇에 쓰이려고?

결코 아무도 설명할 수 없었다.

나의 졸음을 비집고 웃음소리가 들려온다.

밖에서 잠을 자는 사람의 졸음은 가볍다. 한 번 잠에서 깨면, 어떤 당황스러움으로 이 웃음소리를 듣는다.

머리 위로 날이 밝아 온다. 파란 점을 가진 하늘은 새하얀 우유빛이다.

이슬이 나의 침낭을 적셨다.

몸을 일으키면서 나는 웃고 있는 사람들을 본다.

그들은 전날 시작한 파티를 아직도 계속하고 있다!

한 무더기 모래의 울타리 너머로 두 커플이 춤을 춘다. 잘 차려입고 가볍게... 열대 지방의 나비들과 같다... 두 젊은 아가씨들이 이어 벤치 위로 훌쩍 뛰어오른다. 팔을 흔들면서, 웃으면서, 정중한 기사님들의 간청하는 손을 즐겁게 거절하면서, 그녀들은 벤치의 등받이 위를 사뿐히 걷는다.

그들은 당연히 포도주를 조금 마셨다. 하지만 특히 그들을 도취시키는 것은 바로 사는 기쁨이고 유연한 그들의 육신이었다. 분명 갓 졸업한 고등학생들일 것이다. 그들은 그 대단한 수능시험을 잘 치뤘을 것이다.

인생의 아침.

즐겁고 걱정이 없는, 그러한 환상적인 나비들.

이전엔 결코 느껴 본 적이 없는 이상한 연민이 나의 가슴을 조인다. 아! 나도 한때는... 다른 사람들처럼, 하지만 전혀 다른 방식으로 저기, 엄격한 모스크바에서 먼 곳에서.

우리는 엄격했었다.

너무나 섬세하고 평화로운 태평양 연안 국가에서 태어난 이 젊은이들은 다르다.

그들은 지금 내가 알고 있는 것을 아직 모른다. 하지만 그것을 그들에게 말해주는 것은 불가능하다.

봄 새싹과 가을 열매는 서로의 언어를 이해할 수 없다.

그러한 무관심과 그러한 연약함.

덧 없는 꽃. 그리고 주변에 온통, 먼 훗날 더 나중에는 식욕들과 기만들과 욕망들이, 모든 것이 바뀐다. 나의 타인에 대한 이상한 연민은 마음 자리에서 고통으로 변했다. 나는 무릎을 꿇고 앞으로 고개를 숙여야만 했다. 이것이 나를 안심시켰다.

그리고 몇 마디를 내뱉는다.

"하느님, 이들은 아이들, 사람의 자식들입니다. 당신의 자녀들. 당신이 그들에게 내어 준 인생에 너무 큰 쓰라림은 주지 마십시오..."

*

지난 세기의 거대한 기념비인 파스퇴르 동상이 있는 작은 원형 광장 쪽으로 난 골목길에서 웃음과 말소리가 멀어진다. 자신의 생각에 빠진 학자는 안락의자에 앉았고 광견병에서 헤어난 이들이 고마워서 그의 발을 감싼다. 학자는 벌써 태양빛 아래 반짝이는 황금돔과 십자가를 멀리서 바라본다.

가벼운 졸음이 나를 다른 날의 아침의 이미지로 데려간다. 삼십 년이 지났다. 1962년도 봄의 나의 아침.

고등학교 졸업식.

당연히 우리는 그것을 축하했다. 하지만 무언가에 의해서 불편하고 걱정스럽게 다른 방식으로 그것을 축하했다. 왈츠라는 그 시절의 공식 파티장에서 유일하게 허락된 시끄러운 이 음악은, 만약에 학교에서 무모하기로 유명하지만 않다면 우리가 우리의 음악을 결정하겠다고 주장할 수 없는 것이었다. 여학생들은 자기들끼리 춤을 추었다. 소년들은 긴 벽을 따라 작은 그룹을 지어 서 있었고 몇몇은 숨어서 맥주나 와인을 들이켰다.

그런데 갑자기 거리의 비행 청소년들이 비상 계단을 통해서 학교로 몰래 숨어든… 놀라운 사건! 그들은 싸울 준

비가 되어 있었다. 우리는 당황해서 어쩔 줄을 몰랐다. 문학 선생의 창백한 얼굴이 나를 더 압도했다.

여 교장의 난폭한 폭언으로 상황이 개선되었고 그사이 민병대가 도착했다. 휴우!

새벽에 버스 한 대가 우리를 붉은 광장으로 데려갔다. 그곳은 이미 갓 모스코바 대학 입학 합격자들 혹은 소비에틱 표현으로 '성숙의 증서'를 취득한 이들로 가득했다.

소년들은 청회색 양복 상의와 같은 색깔의 바지를 입고 있었다. 소녀들은 갈색 원피스. 그럼에도 불구하고 여자들은 레이스가 있는 칼라와 하얀 앞치마를 두를 권리가 있었다. 권리가 있었나? 아니, 의무적인 장식이었다.

고층건물 위에 붉은 별들. 크렘린 궁전은 그다지 낡지 않았지만 그래도 사백 년이 되었다.

새 정부 창시자들의 무덤 입구에 부동의 보초병들.

내 어린시절, 다른 아이들에게서 들은 바에 의하면 이 보처병들은 숨을 쉬지 않았다. 그리고 우리는 그것이 사실인지를 확인하러 갔었다. 그래, 그들은 숨쉬지 않았다! 아니면 간신히…

요즘도 마찬가지로 우리는 그곳을 보러 간다. 그들은 거의 숨쉬지 않았다…

학교는 끝이 났다. 내가 입학했던 해에 우리는 여전히

'민중의 아버지'의 영향을 받고 있었던 전환의 학교였다. 시적인 공식 서문을 빌자면 '아버지의 콧수염 속에 숨은 그 선한 웃음'. 1952년. 일 년 뒤에 그는 사망했다! 그래서 난생 처음으로 나는 의문을 던졌다. 만약에 그러한 인물, 영웅이 그토록 막강한 어떤 것의 끝에 도달할 수 없다면 도대체 '죽음'이란 결국엔 무엇일까?

삼년 뒤, 평범한 고난들을 극복하면서 사람들은 그가 악독했고 해서는 안 될 몹쓸 짓을 많이 저지른 사람이었다고 우리에게 선포했다. 명절 때 가족 안에서 나는 이런 대화들을 엿들었다!

파라오에 관한 성서 속의 비슷한 이야기가 가끔씩 이 시절을 생각나게 한다. 우리들의 파라오가 요셉으로 불리어졌다는 것은 매번 놀랍다. 고대의 두 인물이 우리 시대에 하나로 만났다니.

이제 막 쓰인 글 속에 고대 문서의 인용문들처럼 당연히 부분적으로.

세기말은 안도감을 가져왔다. 혁명을 했어야 하는 건 당연했다. 그것을 해야 할 시기였다! 우리의 불법 써클은 이미 규칙적인 만남을 가져왔다. 노동자들과 대학생들을 만나러 갈 기회였다! 마치 세기 초반처럼!

파리 사람들의 이 모래 한 무더기 이전에도 얼마나 많

은 사건들이 있었나...

*

누군가가 울타리를 뛰어넘고서는 내 옆에 와 누웠다.

지난 밤 대학입시 합격자 중에 한 명.

"죄송해요. 저 때문에 잠을 깨셨어요? 집에 가는 길에 댁을 봤지요! 얼마나 반갑던지! 그런데 저기, 여기서 주무셨네요... 제 생각에는... 뭐라도 좀 드릴까요? 커피 한 잔 어떠세요? 저는 요 근처에 살아요. 혹시 아침식사 같이 하실래요?"

나는 마음이 훈훈해졌다.

이 젊은이의 인심. 아직 상처받지 않은 인간다운 무념무상의 관대함.

하지만 어떻게 하나? 걱정 없이 꽃피는 젊음과, 거처 없이 떠도는 나잇살 먹은 망명자의 이러한 만남을 신이 과연 좋아하실까?

마치 그들에 대한 나의 동정심이 다시 나를 향한 동정심으로 하늘에서 떨어진 듯했다.

이 초대는, 사실 나의 아침 계획에 지장을 줄 우려가 있었다. 『사십 일, 사십 종파』라는 고서를 통해서 습득해야 할 것을 찾았기 때문이다. 지금은 내가 이 사십여 편 중에 한 가운데에 와 있다. 아침 아홉 시에 나는 작은 정교회에 가서 예배를 볼 것이다. 규율에 따르면 금식에 영성체를 해야 한다.

그래서 나는 거절했다. 구구절절한 설명을 삼가 다짐하면서.

그리고 젊은이는 놀라서,

"이해가 안 돼요! 이렇게 길에서 살면서, 진짜 아파트에서 아침을 안 먹겠다니요! 그것도 바로 코앞인데!"

이것이 그를 난처하고 동시에 흥미롭게 했다.

"보세요. 무슨 말을 해야... 어떻게 설명하나? 한 마디로 말해서, 지금 나는 행복해요. 그리고 나의 행복이 깨질까 조금 두려워요. 왜냐하면 그런 필수품 부족도 물질적인 빈곤일 뿐이거든요. 내 생각으로는 이 중에 하나가 이유인데, 이해가 돼요?"

"행복하다구요? 이해할 수가 없어요!"

나는 그에게 무언가를 주고 싶었다. 예를 들어, 그리스 아토스 산에서 가져온 추억의 선물과 같은 것을. 나무에 붙인 종이로 된 성상.

그는 이러한 배려에 감동을 받았다.

나중에, 어쩌면 이 좋은 추억이 그에게 쓰임새가 있게 될까? 이 젊음의 감정의 충만함이 감소하고 시들기 시작하면, 육신이 강인했던 시절의 향수가 그를 침범하면. 그러면 비로소 또 다른 종류의 행복을 느끼게 될 것이다. 가난의, 어짐의, 마무리의, 자기희생의 행복을... 나이도 물질적인 안락도 아무런 관계가 없는 인간 두루한 행복들을.

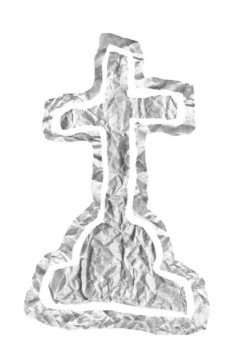

2

적어도 겨울에는 따듯이 데워진 저녁 예배당을 나오면서 다가오는 밤을 앞에 두고 가끔씩 용기를 잃을 때가 있다. 그리고 아울러, 혹시 날씨가 습하고 비라도 내리기 시작한다면… 혹 첫서리를 알리는 안개라도 끼었다면…

하루는 내가 아무리 하찮은 것도 당장에 상황을 개선시켜야 된다는 것을 알아차렸다. 요즘은, 불안할 때면 나는 사람들로부터 동떨어진 곳으로 가서, 나의 배낭에서 두 번째 바지와 스웨터 하나나 두 개를 더 꺼내서 전부 다 그 자리에서 입는다. 그토록 두껍게 껴입는 것으로 바로 위로가 되고 용기를 준다.

오늘은 빵이 있다. 많은 빵들. 이 정도의 양이면 내일까지 먹기에 충분할 것이다. 「아궁이 빵」의 여분이다. 이것은 칸브론느 길에 있는 제과점 이름이다.

나에게는 내가 오래전부터 읽고 싶었던 책, 데니스 아레오파기테스 (Denys l'Aréopagite) 의 『천상의 서열 (La Hiérarchie Céleste)』도 생길 것이다. 어떤 이들은 가칭 데니스, 라는 식으로 작가명에 '가명'을 붙인다. 다음번에 이 것에 대해서 다시 이야기할 것이다.

나의 관심이 곤경에 빠진 듯한 한 남자에게 이끌린다. 그는 마치 자신을 도와줄 사람을 찾는 듯이 두리번거리고 손에는 뭔가를 쥐고 있다. 그의 시선이 닿는 곳에 내가 멈추었다.

"Sprechen Sie Deutsch?"

그는 아무런 희망 없이 묻는다.

"Ja, guten Abend!"

무명인이 유쾌하게 웃음을 터트리기 시작한다.

"혹시 자를 만한 게 뭐 없어요?"

그는 '개인용'이라 불리는 한 끼니를 손에 들고 있다. 그것도 분명 이 근처 가게나 건물 관리인이 저녁에 내놓는 비닐 봉지 혹은 쓰레기통 안에서 찾았을 법한 것으로.

손으로 뜯기가 불가능한 너무 질긴 플라스틱으로 이런 종류의 식사를 포장해 놓았다. 삼손이라면 아마도 해 냈을 것이다. 사자의 가죽도 그에게는 천 조각에 불가했으니. 하지만 도르트문트에서 온 귄터, 경험 많고 육중해 보이는 그도 이러한 포장지 앞에서는 나약했다.

나는 그에게 칼을 건넸다.

"그런데 넌, 이름이 뭐야?"

내 대답을 듣고 나서 귄터는 다시 한번 카르르 쾌활한 웃음보를 터뜨리기 시작했다.

"니콜라우스구나! 내가 파리 어딘가에서 니콜라우스를 적잖이 마주칠 줄은 진작 알아 봤지!"

그리고 자, 그의 예감은 틀리지 않았다.

나의 천상의 수호자라는 뜻의 이름을 아는 그와 같은 관심이 나를 기쁘게 했다. 당연히 독일에서 – 러시아에서도 마찬가지로 – 니콜라 성인은 굉장히 존경을 받는다. 가장 유명한 니콜라는 키프로스 섬 맞은 편에 있는 미레스드 리시 마을의 주교였다. 현재는 뎀르의 터키 마을이다.

파리에서는 두 군데 성당에서 그를 기린다. 하나는 정교도의 그것으로, 말하자면 프랑스의 로마 가톨릭교회인 니콜라 데샹(Saint Nicolas des Champs) 성인 그리고 라틴어를 아직도 사용하는 전통 의식을 지내는 가톨릭교회인 니콜라 뒤샤르도네 성인(Saint Nicolas du Chardonnet).

이들을 제외하면 로마식 달력으로 니콜라 성인은 서른세 명이다. 그리고 거기에다가 여섯 명의 러시아인들과 또 그리스인들, 루마니아인들을 덧붙여야 한다.

귄터는 분명 또 어딘가에서 주웠을 케이크 한 조각을 나에게 주었고 거저 생긴 빵을 주고받는 것에 만족했다. 예전에는 눅눅한 빵은 공짜로 나눠주었거늘 요즈음 신선한 빵은 돈이 든다고 하는 약간의 농담도 우리는 서로 주고받았다.

그는 남방에 잠바를 입고 가방도 하나 없이 여행했다. 어떻게 적응했을까?... 요컨대 길에 사는 사람들의 악천후에 대한 무신경이 가끔씩 나를 놀랍게 한다.

혹시 이런 만남이 한 해 중에 더운 철이었나. 그리고 어느 겨울 저녁에 나의 생각 속으로 불쑥 연결된 것은 완전한 우연일까? 이런 것은 꼭 공구함과도 같다. 가위가 나온 뒤에, 끄나불이나 실이 나오면서 바늘이 따라오는 식으로.

계속해서 웃으면서, 군중 속으로 길을 트면서, 나는 그것이 인간적인 만남의 신의 은총이라 생각했다. 일터에서 돌아오는 이 시간대에 파스퇴르 대로와 보지라르 길의 교차로, 이곳은 번잡하고 또 활력이 넘친다.

이곳에 어쩌면 우연한 만남은 없다. 각자가 생생한 정글을 건너다니기에 바쁘다. 당연히 예의 바르게, 뒤에 오는 이가 부딪히지 않도록 지하철 문을 잡아주면서, 자리도 양보하고 사과도 해 가면서.

이것이 정상적인 삶의 목소리이다.

어쩌다가 내가 이토록 넓고 이토록 무한한 것을 가지지 못했나?

믿음과 실천의 시간으로 너무 좁고 너무 꽉 짜인, 그리고 혹시 내가 내 자리를 차지하는 것만 단지 성공하지 못한 것일까?

나는 나의 상상에게 자유수업을 주었다. 차도는 우리를 그 어떤 곳으로도 데려가지 않는다는 내 나름대로의 철학을 하면서. 그것은 너무 넓어져서 오른쪽도 왼쪽도 경계를 짓지 않는다. 말하자면 지표들이 사라졌다. 우리는 경항공기 속에 공중에 매달린 대장의 명령을 듣는다. 혹은 헬리콥터이거나. 그는 아직도 무언가를 본다. 혹은 보인다고 말한다. 그것이 그의 일이다. 당연히 긍정적으로, 명령은 어떤 확신을, 용기를, 노력으로 낳은 정신을 야기한다. 그리고 너무 길지 않게, 왜냐하면 누군가는 무엇을 해야 하는지 어디로 가야 하는지를 알기에.

나는 어쩌면 개척자나 탐구가의 오솔길을 갈 수 있는 권한을 가진 것은 아닐까? 때로는 바닷바람의 신선함 속으로, 풀과 나무들 사이로, 때로는 녹슨 쓰레기와 손상된 인생의 버려진 공터 한 가운데로 굽이치며.

그리고 오십 고개를 넘어서면 무엇이 더 기다리고 있을까?...

*

어떤 사람이 군중에서 빠져나와 너무나 반갑게 나를 향해 서둘렀다! 마치 해외에서 부모라도 만난 것처럼 웃었고, 내 손을 덥석 잡고는 감탄을 자아냈다. 내가 그런 사람에게 어떻게 똑같이 답하지 않을 수 있겠나?

하지만 공통어를 찾는데 시간이 오래 걸렸다. 나는 그 사람이 쓰는 프랑스어나 슬라브어를 닮은 단어를 알아차렸다. 하지만 그 의미까지는 파악하지 못했다.

그래서 세계공통어인 제스처를 썼다(이것은 터키에서 배웠다). 손가락으로 내 가슴을 두드리며 내가 말했다.

'니콜라'. 그리고 손바닥을 위로 향해 같은 손가락으로 상대방을 가리켰다. 너무 해지지 않은 옷에 작은 키, 갈색 머리칼, 그는 이해하려고 애를 썼다. 자신의 노력과 좋은 의지를 강조하기 위해서 눈도 조금 크게 떴다. 두 번째 시도를 한 뒤에 그가 즐겁게 소리질렀다.

"죠르즈 티토! 죠르즈 티토!"

불가리아와 유고슬라비아의 창립자들이 단 한 사람에게 모이게 되었다. 그는 유고슬라비아의 국경 근처, 루마니아의 작은 마을에서 왔다.

그는 배낭도 손가방도 없었다. 계절에 맞지 않는 너무 가벼운 옷을 입은 것만 제외하고는 아무것도 없었다.

나는 '한 차원 더 높은 경지의 자유'를 생각했다.

혹은 가난이거나. 만약 우리가 그들에게 음식을 먹이고 싶다면, 빵 한 조각을 손 안에 꼭 쥐어줘야 될 정도로 어떤이들은 너무나 심각한 생활고에 시달렸다. 이들은 당연히 항상 더 빨리 죽는다. 길에 사는 사람들의 평균 수명인 마흔 여덟이 되기도 전에.

"Sprichst Du Deutsch?"

그는 머리를 힘차게 끄덕이기 시작한다. 내가 하는 말을 주의깊게 들었다. 하지만 그는 아무것도 이해하지 못했음을 곧 인정했다. 그러고도 여러 번의 시도! 위험스런 당혹감이 내 머리를 위협하기 시작했다. "너 독일어 할 수 있어?"라는 질문에 대한 긍정적인 답으로 그가 단지 이 질문을 이해했다는 것을 다행히 내가 알아맞혔다. 그리고 나는 안심했다.

나의 손님을 그래서 집으로 초대했다. 나의 저녁 사무실로, 지하철 입구 안 옆 자리로. 따뜻하게. 그에게 저녁도 대접할 수 있었다. 그럼에도 불구하고 그는 특별히 배고프지 않았다.

쭈글쭈글하고 약간 마른 사과들, 그리고 그래서 굉장히

단 사과. 어쩌면 상했을 빵, 반면에 건포도가 든 것으로. 옆 자리에 나란히 앉아 그의 인생을 얘기하고 이해하기 위한 그 모든 시도들이 있은 후에, 그는 완전히 웃으면서 졸기 시작했다. 그는 아기처럼 평화로웠다. 마치 그 진력 나는 인생 전환 이후에 기대고 쉴 수 있을 만한 누군가라도 찾은 것처럼.

애처로움을 불러일으켰다. 영원할 줄 알았던 동부권 정권을 이미 휩쓸었던 태풍에 의해서 느닷없이 뽑히고 버려진 사십 살 넘은 아이.

밤을 지낼 자리를 잡아야 했다. 그리고 결국 어디, 현관문 아래에 비를 피할 수 있는 나무 계단 위, 성 프랑스와 사비에 성당의 남쪽 입구가 아니라면 또 어디가 있겠는가? 마분지 몇 장과 담요가 거기에 숨겨져 있었다.

죠르즈 티토가 얌전히 나를 따랐다. 그는 마분지 펴는 것을 부족하지 않은 영리함으로 도왔다. 나는 내 폴리에 틸렌(사분에 삼 미터)을 모르는 이와 특별히 나누고 싶지는 않았다. 이것은 나의 사생활 침해가 될 것이었다. 하지만 다른 방법이 없었다. 강력한 이사야 선지자의 "가난한 자를 너희 집에 들여라."는 구절이 나의 기억 속에 떠올랐다. 그리고 이것이 나를 안심시켰다. 또한, 나는 왜 이 휘트먼의 시구가 나의 먼 어린 시절부터 간직된 기억 속에서 가물가물 떠올랐는지 모르겠다.

> *나는 내 형제와 나의 이불을 나누었다.*
> *나는 또 한 사람을 자유롭게 했다.*
> *고독의 감옥에서.*

그럼에도 불구하고 나는 내 가방을 우리의 등 사이에 놓았다.

밤비의 가느다란 물방울이 가끔씩 플라스틱을 두드렸다. 하지만 그 안에서 우리는 건조했다. 그리고 우리의 따뜻한 입김이 반투명한 누에고치의 공기도 이내 데웠다.

아침에 나는 내 밤 벗을 두고 떠났다. 최근 십 년 동안 아침에 눈을 뜬 뒤로, 몇 시간을 혼자 보내는 습관이 몸에 배어 있었다. 사람들에게 변화의 바람이 쉽게 불진 모르겠지만 마음의 평화, 그것의 따스함과 즐거움은 아침나절에 집중되어 싹이 튼다.

책을 손에 들고 나는 르쿠르브와 생 루이 사이에 있는 플라타너스 길을 여러번 왔다갔다 했다. 생 프랑스와 사비에의 종소리(밤에 파리 사람들의 교회 종들은 울리지 않는다. 종들은 저녁 아홉 시에 마지막 시간을 알린다)를 처음으로 들었다. 성당 벽에서 검은 입구가 나타나는 것이 멀리서 보였다. 사람들이 문을 열어 두었다. 아침 일곱 시 십오 분 전이었다.

나는 서둘렀다. 아침 미풍으로 어지간히 오싹하고 추위로 손가락들이 마비되고 있다.

그 안에는 고요함이 흘렀다. 따뜻했다.

성가대의 무거운 문 뒤에서 소음과 발자국 소리가 들렸다. 거기에서 아침 미사를 준비 중이었다.

양초 끄트머리가 하얀 자국을 여명에 남기면서 사그라졌다. 아직까지는 아무도 다른 불을 켜지 않았다.

여기에서 나의 딸 마리의 추억을 보았다.

오래전 1984년 9월의 어느 날, 우리는 단체기도를 하기 위해 여기에 모였었다. 내가 전날 밤에 사용한 나무 판자를 기울여 놓은, 그 위를 우리의 휠체어가 지나갔다. 그리고 우리는 성단 가까이에 있는 다른 불구자들의 휠체어들 사이로 자리잡을 수 있었다.

완치될 것이라는 가득찬 열의와 확신에 가까운 신념으로 이날 저녁에는 상당히 많은 인파가 몰려들었다. 치료사로 명성이 자자한 캐나다에서 온 신부님이 미사를 드렸다.

정말로 한 부인이 일어서서 그녀가 고통 받았던 두통이 사라졌다고 말한다! 또 다른 사람은 그의 위장병이 멈추었다고 말한다. 치료사 본인도 갑자기 집중을 한다. 인파가 침묵했다. 그리고 중앙홀 안쪽 거기 바로 앞에서 한 남자의 악성종양이 사라졌다!

감히 말하건데, 장애인 증명서가 있는 우리 그룹만이 사건에서 떨어져 있었다. 폭발적인 열기가 정점에 달한 고요의 섬.

지금은 더 이상 인파가 없었다. 어쩌면 관리인으로 일하고, 가로 회랑의 궁륭 위에 어딘가에서 거처 (길에서 보면 밤에 창문이 밝혀진 것이 보였다) 했던 성당지기가 남은 양초들을 주었다.

가로 회랑의 북쪽 부근 (십구 세기에 지어진 이 교회의 제단 뒷 부분이 서로마 식으로 변경된 것을 상기해야 할까? 아마도 미사를 드리는 동안 신부님이 신자들을 향해 정면으로 서 있기 위한 것이다) 에는 제실이 설치되었다. 성서는 루블레브 (Roublev) 의 *삼위일체* (Sainte Trinité) 성상과 *성 프란체스코* (Saint François) 라 불리는 수난도 (Crucifixion) 옆에 서적대 위에 놓여 있다. 명상을 위한 작은 벤치가 놓여 있다. 기도대 몇 개. 초록 식물들. 리지외 지역의 테레사 수녀의 유리창들 (내 생각에 성당은 예수회 수도사들이 사용한 것 같다).

두... 서너 명이 또 여느 때처럼 왔다. 우리는 인사를 하지 않아도 어쩌면 서로서로 익숙해져 있었다.

오늘은 모자 달린 짧은 군복 외투와 검은 융단 바지를 입은 새로운 사람이 있었다. 뒷 굽치가 적어도 완전히 닳은 커다란 신발을 신고 무릎을 꿇고 있었고 눈에 잘 띄었다.

마르고 앙상한 얼굴과 대조된 몸집은 비정상적으로 비대해 보였다. 어쩌면 겹겹이 껴입은 수 많은 와이셔츠와 스웨터 때문일 것이었다. 그도 분명 밖에서 잠을 잘 것이다.

우리는 말을 삼가했다. 속삭였다.

미사의 한 부분이 들려온다.

내 주변에서 러시아어로 누군가가 중얼 거린다.

"하늘의 왕, 성령이시여..."

손수건을 든 뚱뚱한 남자가 낮은 목소리로 성령에게 기도한다. 그는 깨끗한 도시인 차림새이다. 하지만 그럼에도 불구하고 프랑스 공무원들과는 또 다른 매무새로. 매일 아침 양장점에서 새로 나온 정장을 입는다 해도 믿을 것이다.

부근에 있는 유네스코의 소련 대표부 공무원인가? (1989~90년대에) 이런 생각을 할 수 있을까?

갑자기 한 남자가 예배당 안에 나타났고, 비록 목소리가 저음이었지만 흥분해서 말하기 시작했다.

"여러분들에게 부탁드립니다! 왜냐하면 제가 완전히 처절한 상황에 놓였습니다! 저는 더 이상 먹을 것을 살 방법이 없어요! 제발요. 뭐라도 좀 주세요! 주실 수 있는 아무 것이라도!"

약간 동양적인 타입, 그으르고 어쩌면 인도 혹은 타밀 사람이었다.

놀란 사람들은 입을 다물었다('기도하러 왔는데, 항상 같은 일이...'). 그리고 상투적인 비난을 시작하는 한 목소리가 높아진다.

"이봐요 선생, 이러시는 거 아닙니다! 첫째, 당신은..."

다행히 무릎을 꿇고 기도를 하던 한 걸인이 그에게 앞장섰다. 자신의 주머니에서 동전 몇 닢을 꺼내서 그에게 건네준다.

"자요, 힘 내세요!"

남자는 손으로 시선을 던졌고 얼굴에 구김살이 펴졌다. 그리고 사라졌다.

얼마 후에 우리도 이상한 여행객을 홀로 남겨 두고 그곳을 나왔다.

나는 '우리들' 중에 한 명, 노숙자가 실수하지 않은 것에 만족했다. 그리고 이런 만족감이 나를 즐겁게 했다. 내가 혹시 복음서에서 말하는 유랑자의 연대성, 혹시 '계층 감정'을 받아들이고 있는 것은 아닐까?…

*

오늘은 「고아 견습」이라는 사회 복지단이 있는 센느 강 건너편, 오테이로 조금 뒤에 먼 길을 떠나야 한다. 거기에서 목욕을 할 수 있고 따뜻하게 데워진 방에서 잠시 머무를 수 있다. 아마도 거기에서 우체국 유치 우편물도 보낼 수 있는 것으로 안다. 이렇게 해서 결국 우리도 주소를 갖게 되는 것이지!

주소 없이 인간은 존재하지 않는다. 당연히 사회적인 측면에서.

나는 시간이 없었다. 이런 아이러니를 봤나.

그 어떤 날도 전날과 같지 않다. 하도 많은 일이 일어나서!

파스퇴르 지하철역으로 돌아갈 시간이다. 그리고 나서 브르퇴일 대로를 향해 내려가고.

라일락 꽃색 하늘이 보라빛이 된다. 검은 십자가의 그

리고 돔의 실루엣.

나는 잠자리를 준비한다. 판지들을 깔고 내 플라스틱 비닐을 펼친다. 성당 근처 작은 초록 정원 안에 낯선 산책가가 다가온다. 옷 한 보따리, 손에는 막대기… 아니 죠르즈 티토잖아!

그는 우리의 만남을 떠들썩하니 반긴다. 어딘가에서 낡은 여성복 털 외투를 주웠고, 식탁 다리 한 짝을 옆에 차고 있다. 불쌍해라. 그가 무서웠다는 증거이다.

나는 신약성서 루마니어판을 찾았고 오늘은 우리가 거의 대화를 할 수 있다. 예를 들어 곤봉을 내려놓게 하기 위해서 그 유명한 성 마태오 복음, 5장 39절을 죠르즈에게 읽도록 주었다. 그는 눈을 크게 떴다. 하지만 잠시 머뭇거리더니 이내 자신의 식탁 다리를 내려 놓았다.

당연히 그는 성경책을 알았다. 그는 어쩌면 펜티코스트파였을 것이다. 성령이 사도에게 내려왔던 장면까지 찾은 뒤에 두 손을 모았다. 네덜란드에 그의 형제가 있다는 것을 들으면서 짐작했다. 그는 힘든 여행 길에 동반자가 필요하다고 함께 가자고 나를 설득하느라 애를 썼다.

잠이 들면서, 죠르즈 티토는 낡은 털 외투를 덮었다. 세상의 수도에서 보내는 그의 두 번째 밤은 더욱 편안했다.

아침에, 그는 네덜란드에 대해서 열렬히 말하기 시작했다. 인생 지도에서 마침내 찾아낸 에덴이라도 된 듯이. 하지만 내 생각으로는, 단지 알레지아 지하철 근처에 있는 펜티코스트파 연맹 주소만 그에게 알려 줄 수 있었다. 그리고 지하철 표 한 장을.

우리는 작별 인사를 했다. 거의 우리가 부모 자식 관계였던 것처럼 슬픔 없이.

사람들이 떠도는 시대. 모든 것이 정리될 것이고 해결될 어떤 곳을 찾아 계속해서 걷고 헤매는 사람들. 한 자리에 머물러 죽음을 기다린다는 것은 슬프다. 사실이지 않나? 게다가 만약에 개개인을 위하고 몇몇 사람들에 의해 갈구된 이런 냉혹한 진실에서 벗어날 수 있도록 하는 어떤 활동이 없다면 그것은 더욱 더 심해진다.

실제로 우리가 기다리고 있는, 근본적으로 완전히 다른 인생이 무엇인지를 아는 사람들은 점점 더 줄어들고 있다.

*

"성당 근처에서 주무세요?"

소성당 근처에서 내게 다가온 회색 머리칼의 한 여인
이 낮은 목소리로 이렇게 말했다. 그녀는 엘리사벳 서기
였다. 당연하지. 엘리사벳 부인이 아니면 또 누가 있을
라고.

"혹시 춥지 않으세요?"

"아니, 아니에요. 괜찮아요. 밖에서 자는데 필요한 게
다 있어요. 고맙습니다."

그녀는 떠났다.

그녀는 잠시 후에 보온병을 손에 들고 다시 나타났다.

"받으세요. 부탁드립니다. 따뜻한 밀크커피도 여기 있
어요. 그리고 보온병을 가지세요. 도움이 될 거예요."

이런 손짓에는 다른 세상의 의젓함이 있다.

그것에 마음이 뭉클해진다.

휴식이다. 살아 남아야 되는 고독한 수고의 시름이 덜
어진다.

어린 시절의 메아리와 잔상, 식어 버린 우정, 흩어진 가
족, 모든 것이 보온병을 건넨 이 작은 손짓 안에, 여기에
있다. 그리고 다음과 같이 정확하게 발음하기 위해선 자
제력이 필요하다.

"고맙습니다... 엘리사벳 수녀님!"

3

15구는 커다란 간선 도로가 지나간다. 세브르 길에서 연결되는 르쿠르브 길 그리고 파리에서 가장 긴 보지하르 길. 이름과 위치를 봐서는 '제라르 계곡'의 비탈길로 연결이 될 것이다. 센느강 기슭으로 내려가는 이 비탈길은 지금은 당연히 완전히 재개발이 되었다.

그것은 도시 성곽 자리에 지어진 외곽순환도로를 향해 중심지에서부터 뻗어 나간다.

교차로에서는 보도들이 번잡하다. 르쿠르브 – 캄브론느 – 보지하르는 장사에 열을 올린 상인들의 아우성과 소란으로 가득하다.

이미 오후가 되면 훨씬 더 조용해 진다.

기다리는 동안에 구매자들이 지나간다. 그들은 듣고 보고 맛을 본다. 특히 철 지난 옷을 입은 동네 터줏대감들은 버찌를 하나 들어 맛을 본다. 그들과 그들의 옷, 깨끗함과 꿰맨 매무새는 적잖은 해를 넘겼다.

솔직한 가난이 눈에 띄지 않게 지나간다. 외투에 신경

을 쓴 것처럼 보이지 않는다. 사려고 하는 치즈나 생선 조각이 세균에 감염되었는지 어떤지 아무도 신경을 쓰지 않는다.

제라르는 터키식으로 다리를 꼬으고 교차로 근처에 앉아 있다. 그는 유순하고 상냥하다. 이것이 사람들의 호감을 산다. 그와 인사를 나누는 단골 적선자들도 있다. 제라르는 특별히 따뜻한 자신만의 방식으로 혹은 만약에 그날 주요 사건이 있다면 그에 관한 자신의 의견을 그들과 주고 받으면서 고마움을 전한다.

"내 고객." 이라고 그가 말한다.

개념의 놀라운 운명. 혹시 기억할지 모르겠지만, 옛 로마에서는 넉넉한 살림의 시민들에게서 거의 규칙적인 동냥을 받는 가난한 사람들을 손님이라고 불렀었다. 지금은 정반대이고 아무도 그것에 대해 놀라지 않는다. 그렇다면 이런 단어들은 지금 얼마나 많을까!

제라르는 머리를 삭발했다. 그는 불안했다. 병원에서 막 퇴원했다고 나에게 털어 놓는다. 하필 그런 일을 당하다니! 일 주일 전, 지하철 안에서 누군가가 그에게서 오십프랑을 훔쳐갔다! 그리고 보너스로 배에 칼까지 한 대 맞았다!

당황스러운 이야기를 들으면서 세세한 내용을 알게 되

었다. 그는 거의 술도 한 잔 걸쳤었다는 사실. 거하게...
까지는 아니지만 그냥 조금.

하느님 감사합니다. 모든 일이 잘 해결되었습니다. 사
람들이 재빨리 그를 들어다가 기웠다. 자신의 와이셔츠
를 들춰서 제라르는 붕대를 한 자신의 한쪽 배를 보여준
다. 피를 얼마나 흘렸는지를 한참 이야기할 때, 듣고 있
던 나이 든 한 신사가 우뚝 멎더니, 완전히 바싹 다가와
더 잘 듣기 위해서 – 급기야 더 잘 보려고 – 목을 뺀다. 그
의 눈빛이 빛난다.

나는 제라르를 보호하기 위해서 작은 무언가를 주고 싶
다... 예를 들어 이 작은 십자가를. 그는 어쩔줄 몰라 한
다. 누군가가 그에게 칼을 꽂았고 이제는 이 작은 십자가
가! 그래도 우정의 손짓이 그를 기쁘게 한다.

그는 십자가를 목에 건다.

일 주일 내에 십자가는 사라질 것이고 초미니 철 두꺼
비로 탈바꿈할 것이다. 그의 여자친구는 동냥하는 데 이
것이 더 효과적이라고 말했다.

항상 자신의 판지 위에 앉아서 그는 인사하고 고마움을
전한다. 하지만 그의 브레타뉴식 수염은 슬프게 내려앉
았다. 그래도 당연히, 그것은 우크라이나인들의 수염과
는 뭔가가 달라 보인다!

르쿠르브 길 건너편에 경사진 모노프리 (슈퍼마켓) 근처에서 한 남자가 평화로이, 거의 초탈한 듯이 서 있다. 베르나르이다. 그는 아마도 거의 육십 세는 넘었을 것이다. 하지만 길에 사는 사람들의 모습은 속기 쉽상이다. 얼굴은 햇볕과 바람에 그을렀고 기회가 될 때 먹는 (쓰레기 통에서 나오는) 음식과 술 때문에 더 어두워졌다.

"안녕, 베르나르, 잘 지내고 있어?"

"그럭저럭, 하지만 더 좋아질 수 있을 거야!"

하루는 누군가가 무슨 케이크나 눅눅한 빵을 나에게 주었다. 그래서 내가 그에게 나눠주려고 했다. 그는 무거운 톤으로 이렇게 거절했다.

"나는 제대로 된 한 끼가 더 좋아."

이 말에는 어떤 심각함이, 다소곳함이 들어 있었다. 집, 가족, 주치인이 있는 다른 모든 사람들처럼. 혹은 주임 사제까지도 있는.

요컨대 어쩌면 그는 단지 친해지길 꺼렸을지 모른다. 모를 일이니...

골목길에서 유네스코 건물로 둘러싸인 성 리타의 보안 초록 성당이 나타났다. 파리에서는 보기 드문 프랑스 독립성당.

마음이 편안하다. 모두가 서로를 잘 안다.

가끔은 걸인도 온다. 이곳에서는 사람들이 항상 무언가를 준다.

"니콜라!"

레모이다. 그는 내 이름을 안다. 그리고 우리는 평범한 방식으로 서로를 알고 있다. 우리는 15구 시청 앞에 삼위라는 이름의 아주 작은 러시아 성당에서 1989년도에 만났다. 그때 레모는 수도사인 세라핀 형제를 보러 왔었다. 그리고 동전 한 닢을 받았다.

하지만 중요한 것은 말을 했다는 것이고 그들 옆에서 잠시 쉴 수 있었던 것이다.

정말이지 어떤 이들은 평화를 내보낸다. 걱정과 실패에서 벗어나게 해 준다. 혹은 더 정확히 말하자면, 우리 스스로가 깨닫지 못하는 참기 어려운 기다림의 시간에서 해방되게 한다.

어쩌면 중대하고 결정적인 어떤 것에 이르는 존재의 가장 근본적인 문제. 세라핀 형제는 어쩌면 이 완전함에 이르렀다. 그리고 그와 함께 평화가?

하지만 그는 또 일상의 문제에 대해서도 신경을 쓴다. 이것 좀 봐, 누가 나한테 스웨터를 한 장 가져다 줬는데, 너 안 할래? 빵 먹을래? 버터 필요해?...

레모는 흥분했다.

"너 들었어? 러시아가 완전히 변했대! (1988~1992년 도의 일이다)"

일본에서는 대지진이 일어났어! 아프리카는 기근이라던데! 그리고 미테랑이 뭐라고 말했다고?

대통령이 심각한 비판을 받았데!

딸기코에 전형화된 기력을 지닌 레모는 덩치가 거구이다. 전문 노숙자.

그리고 난 뒤에 그가 아프기 시작했다. 20구에서 1994년에 그를 마지막으로 만났다.

겨울철의 무기력함, 쓸쓸함, 사라짐, 그는 「니스에 가까운 집」(분명 거리의 늙은이들을 위한 곳)에 대해서 또 다시 이야기했었다. 얼마나 날씨가 더웠고, 우리가 거기에서 얼마나 좋았었는지를.

예전과는 무언가 다른 무기력함으로 '완전히 아직도 튼튼한', '거의 새 신발'을 어디에서 찾을 수 있는지를 나에게 조언했다. 그리고 그는 내 수첩에, 일자리 센터 이름 「우리가 항상 뭔가를 찾을 수 있는 곳은 어디인가」를 자필로 남겼다.

*

가브리엘은 길거리에, 대로 한 구석 지하철 환풍기 철망 위에 벌써 그냥 누웠다. 그 아래에서 세탁소 냄새를 풍기는 따뜻한 바람이 인다.

머리를 웃옷에 밀어넣고 잠이 들었다. 나도 가끔은 그런 금욕주의가 부럽다. 그는 아무 것도 가진 것이 없다. 가방도 없고 저녁 끼니를 위한 빵 한 조각이 없다. 그 어떤 신분증도! 그리고 신분증이 없이는 당신도 알다시피 인간은 존재하지 않는다.

결국, 경찰들이 그를 알아보게 되었다.

그는 술을 마신다. 이런 보이지 않는 습관에 빠진 이들이 많다. 우리가 슬프면 술을 마시고 기분이 훨씬 나아진다. 성경이 그것을 금하지 못하는 것은 사실이다. '고통 받는 영혼에 마실 것을 주시오.'라고 말한다. 또 다른 페이지에서 예언자들이 말하길 음주벽은 거만함의 벌이라고 한다.

생각해 보면, 모든 인생의 격언들은 정확히 같은 양식임을 알아차리게 된다. '우리는 특별히 좋은 무언가에 성공하기 시작한 다음, 환심을 사고 칭찬을 듣는다.' 그런 다음에 돈을 번다.

지나치는 행인들이 가브리엘을 에돌아간다.

사람들이 그에 대해 생각하는 바는 다소 불분명하다. 당신들이나 우리와 같은 생각.

가브리엘의 눈으로 세상을 보는 것은 훨씬 더 어렵다.

색깔과 소리는 흐릿하다. 새들, 동물들과 사람들 또한 그에게 다가서기란 불가능하다. 인생들에서 아득히 멀어졌다. 그것들과의 만남이 없다. 가브리엘은 만질 수가 없다. 그렇지 않으면 경찰들 밖에는 없는데 그들은 직업이다. 하지만 그 또한 매우 드물게 마주친다. 실은, 그는 존재하지 않는다.

투명인간.

*

영어판 학교 길잡이 책자에 이런 종류의 사람에 관한 이야기가 있었다. 그것을 읽으면서 나도 꿈을 꾸었다. 얼마나 멋진 일인가! 걸어가고 보지만 아무도 그를 못 보다니!

내 어린 날의 꿈이 실현된 듯하다. 어린아이의 꿈이고, 기도가 아니고서야... 다른 아무 것도 아니다.

늘 예상치 못한 방식으로 실현되었다.

우리가 무언가를 꿈꿀 때에는 결코 잊어서는 않되는 것이 있다.

나는 걷고 보고 듣는다. 그리고 나는 사람들에게 보이지 않는다. 놀랍게도 사적인 것들을 알게 된다. 그리고 이것은 본의 아니게 사람들이 내 옆에 멈춰서서, 성당 입구에서, 지하철 플랫폼에서 말을 한다. 혹시라도 누군가가 들을까 살피기 위해서 던지는 시선을, 그들의 눈동자가 나를 알아채지 못하고 스쳐 지나간다. 그들은 목소리를 낮춘다.

"내가 비밀 한 가지 말해 줄까..."

우리가 의사나 경찰을 불러야 할 만한 것을 엿들은 적도 있다.

나의 관찰은 경험에 견주어 확인하기 쉽다. 당신이 어딘가에서 혹시라도 걸인과 마주친다면, 그가 당신의 상반된 증인으로 혹은 당신에게 필요한 증인으로, 뭐가 어찌 되었건 그가 그렇게 심각하게 간주되는 것을 보면서 놀랄 것이다.

사람의 외모.

이것 때문이다. 어쩌면 1순위를 차지하기 위해 투쟁하는 것인지도 모른다.

우리는 당연히 그 양으로도 승부한다. '나는 더 많은 것을 원해. 모든 것, 모든 것을.'

거기에는 비밀스럽고 복잡한 동기가 있다. 스스로를 상실하지 않기. 인간의 바다에서 익사하지 않기.

그래서 결국 승자의 장례식들은 대포와 축포로 역시 거창하다. 국가 원수의 군중 앞에서 대주교의 설교를 들으면서.

결국 이 모든 것이 한낱 장례식을 위한 것이라니...

4

쌩트 람베르 성당 근처 후진 쪽에 작은 공원이 있다. 어쩌면 예전에 묘지로 쓰였던 흔적일지 모른다.

그것은 집과 나무로 둘러쳐져 있다. 식수가 나오는 분수대. 낮에는 사람들로 굉장히 붐비는, 아이들을 위한 모래사장이 있는 놀이터가 있다. 하지만 저녁 여덟 시 이후에는 아무도 없다. 밤새도록 쇠창살을 잠그지 않는다.

여름에, 나는 이곳에서 가끔씩 저녁나절을 보낸다. 오늘은 나의 침낭과 나의 플라스틱을 벤치 위에 펼친 뒤에 밤까지 남아 있을 것이다. 플라스틱은 굉장히 소중하다. 랭스 대성당을 보수 공사하던 인부들이 나에게 준 것이다. 이 플라스틱으로 페인트가 바닥으로 튀어나가지 않게 기둥들을 씌운다. 그리고 그 위에는 흰색 염료 줄무늬 몇 줄이 그어져 있다.

브레테일의 넓은 대로를 지나서 보면, 이 작은 공원은 어지간히 거처를 닮았다. 위쪽, 벤치 위에 나무 꼭대기에는 나뭇가지들이 없다. 작은 하늘 조각이 보인다. 벤치가 비둘기들에게 노출되지 않는 것 또한 중요하다. 그들은 여기에 많고, 우거진 나뭇잎들 사이로 구구대고 여기저기에서 그들의 똥이 떨어져 부딪치는 소리가 들린다.

'조금만 더 있으면, 또 이해가 되겠지...'

내가 무엇을 이해할 것이라고? 왜 이해를 한다는 것은 그토록 중요할까?... 하지만 나는 이미 두터운 석양 속에서 잠이 들었다.

*

그리고 또 거의 일찍 잠에서 깨어났다.

여름에는 결코 잠이 길지 않다.

선명한 하늘 아래서 눈을 깜박거리면서 침낭을 접기 전에 시간을 끌었다. 이른 시간이었다. 열린 창문들로 새어 나오는 자명종 소리들이 아직 들리지 않았다. 아무도 건물 밖으로 나오지 않았다. 그렇지 않으면 강아지 아침 산책을 위해서 잠옷 차림으로 나온 이 부인이 있다.

조용하고 평화롭다.

'성스러운 주님, 강인하신 주님...'

기도서의 낡은 페이지들.

마음의 조화.

생각도 없고 예감도 없다.

나는 아마도 여전히 웃고 있는 중이었다. 관목 덤불 뒤에서 갑자기 나타난 경찰들이 꼼짝도 하지 않고 서 있었고, 어쩌면 평화로운 인생의 이 시점에 그들도 별안간 이끌렸나 보다.

침묵이 몇 초간 흘렀다. 이 접촉은 사회의 다른 계층들 사이에서는 잘 이루어지지 않는다.

「낭테르의 푸름」이었다. '도시 청결'을 담당하는 특수반, 말하자면 걸인 단속반, 일반적인 방식으로 길에서 잠을 자는 모든 이들을 저지한다. 차창이 하얗게 칠해진 경찰 버스가 자동차들로 붐비는 출근 길로 천천히 전진한다.

"자, 이제 가실까요?"

조금 주춤하며 경찰이 요구했다. 다른 이는 더 단호했다.

"이쪽으로 오세요!"

내가 잊어버린 줄 알았던, 소비에트 나라에서 자란 한 개인의 감정을 되찾았다. 도망가고 싶은 욕구, 그런 태도에 대한 쓸모 없음의 인식, 붙잡힌 자들의 낙담. 특이

한 순간이다! 항상 예측 불가능! 영혼은 제 자신의 걱정 속에서 휴식했고 갑자기, 이렇게 놀랍게 잡혔다… 그리고 그것은 아주 작아 지고, 겁에 질리고 상처받기 쉬운…

"팔 올리세요!"

나의 호주머니들을 확인했다. 누군가는 나의 배낭을 담당했다. 막강한 손들이 내 체류증을 탈취했다. 천만다행으로 '옛 소비에트, 무국적 망명자'가 드러난 내 신분의 완벽한 합법.

같은 기재로, 신분증에는 프랑스에서 태어난 나의 딸이 표기되었다. 신비로운 무언가는 바로 여기에 있다.

경찰들은 특이한 유니폼을 입었다. 움직임에 불편하지 않았던 푸른 한 벌.

라디오 신호가 뚜두둑 거렸고 가끔씩 끊기면서, 버스는 15구역 어느 길을 굴러갔다. 서너 명의 경찰이 밖으로 뛰쳐나간다. 마치 낙하산 부대처럼, 그리고 금새 새로운 행인을 데리고 왔다. 달아나면서 구원의 손길을 찾기 위해 뛰었던지 이번 사람은 숨이 차서 도착했다. 슈퍼마켓의 비닐 화환을 하나도 버리지 않고.

나 역시 한 때 이 이상한 습관이 있었다. 여분의 비닐 봉지를 가지고 다니는 것. 우리가 어디에 둬야 할지 모를 귀중한 무언가를 길에서 꼭 찾을 듯이. 건조한 빵, 예를 들어. 시장에서 팔고 남은 아직 먹을 만한 과일들, 야채들.

습관은 병적이 되었다. 그리고 의식을 가지고 그것과 싸워야 했다. 그럼 그것은 줄어든다. 그런 뒤에 사라진다.

은자 신부님은 평소에 무언가를 하지 말아야지 하는 습관 자체를 거부해야 한다고 조언해 주셨다.

＊

내가 철학을 논하는 동안 버스는 계속해서 채워지고 있었다. 폴란드 노동자 두 명을 데리고 왔고 그리고 나서 앵발리드 기념 광장의 나무 아래에서 잠을 자고 있던 한 거구의 사내. 일자리를 찾기 위해서 파리까지 왔었다. 오, 가브리엘도 있었네! 여느 때라면 그는 파스퇴르 대로와 보지라르 길 한구석, 지하철 환기구 철망 위에 누워있었을 것이다.

그가 뭐라고 중얼거렸다. 나는 궁금해서 귀를 귀울였다. "만약에 이게 내 것이면, 내가 가져도 돼? 당연하지! 그게 논리지!"

모두에게 완전히 예기치 못한 방식으로 가브리엘이 고

개를 숙였고, 폴란드인의 가방 중에 하나를 잡아채서 자기 쪽으로 끌어당겼다! 이런 손짓이 퇴보된 행동으로 갈 수 있는 폭풍 같은 요란을 불러일으켰다.

"너 미친 거야 뭐야? 얼굴 한 대 맞고 싶어!"

운전석 옆에 있던 경찰들 중 한 명이 신속히 반응한다.

"어이, 거기, 조용히!"

"저런! 가져갔네! 참 사내다워!"

자신의 운명을 체념한 사람처럼 가브리엘은 계속 앉아 있고 중얼거린다.

"당연히, 내가 아무것도 증명할 수가 없지! 당연하지!"

아홉 시경에 버스는 만차이다. 우리는 서른 명이 넘는다. 마지막은 이름이 스티브로 확인된 행복한 떠돌이 용병이다. 그에게는 모든 것이 같다. 아무런 관심이 없다. 이보다 훨씬 더한 것도 많이 봤고, 낭테르로 한 바퀴 도는 일이라면 진짜 즐거운 것이다. 그가 머리를 깎길 원했던 것은 꽤 오래전의 일이었다.

평소대로 버스가 낭테르를 향해 기수를 돌린다. 지금도 그런 경우인 듯 하다. 창문 윗부분이 더 투명해서 좁은 띠를 통해 방향을 가늠할 수 있다.

파리의 수호성녀인 생트 쥬느비에브가 여기에서 태어났다고 들었다. 그리고 이곳 사람들이 말하길, 그녀는 생

드니에 가는 것을 좋아했다고 한다.

버스가 멈춘다.

한없이 넓은 대문이 열리고 우리가 들어간다. 대문이 뒤로 닫힌다.

우리는 엄청나게 높은 벽으로 둘러싸였다.

모든 사람을 내리게 한다.

우리를 접수실로 인도한다.

귀중품과 영치금을 내놓아야 하고, 일지에 기록을 했다. 다른 볼일들을 점검한다. 그리고 목욕이다.

이것은 의무이다. 이런 규정이 만들어진 것은 드골 시절로 거슬러 올라간다는 대화의 한 토막을 들어서 알게 된다. 노숙자와 걸인들을 끌어모으고 목욕을 시키는 청결의 규칙. 칠십에서 팔십 명으로 꽉 채운 버스가 하루에 두 대. 개중에는 의심스러운 요소를 확인하는 검문도 있다.

경찰들은 큰 소리로 고함을 지른다. 악의가 있어서 그런 것이 아니다. 우리가 원하는 것을 빨리 얻기 위한 버릇이다. 모든 프로그램의 잇따른 이행. 아침임에도 불구하고 많은 이들이 벌써 술에 절었고 이해를 하지 못한다. 그들은 모든 것을 본능적으로 견딘다. 마치 그물에 걸려든 동물들처럼.

"돈이나 귀중품 소지하고 있습니까?"

한 목소리가 고함을 지른다.

"아니요. 선생님."

내가 웃으면서 말한다. 그리고 사나운 얼굴이 갑자기 부드러워진다.

"그러면, 아저씨, 샤워하러 가세요."

완전히 진정된 톤으로 경찰이 말한다.

그들은 통상적인 유니폼을 입고 있다.

주황색 복장을 한벌로 입은 사람들이 벌겋고 덥수룩한 얼굴과 굉장히 잡다한 차림새를 한 우리 개개인의 무리로 섞여든다. 차분함, 고요함, 친절함.

그들은 혹시 우리가 그들을 여기로 데려왔던 어느 날, 이 일을 시작하게 되었나, 오늘 우리들처럼? 혹은 무언가 심각한 일로 잡혀 온 뒤에?

손타월 – 비누, 손타월 – 비누, 손타월 – 비누 – 물.

땀과 먼지를 걷어 낸다는 것은, 그럼에도 불구하고 그다지 불쾌한 일은 아니다. 옷을 다시 입은 사람들 중에는 깨끗하고 만족스러운 얼굴들이 드러난다. 하지만 씻는 것을 원치 않는 비관론자들도 있다. 탈의실 옆에서 잠깐 있다가 다시 옷을 입을 것이다. 매번 그리고 모든 것에 항상 똑같은 고집과 뚝심.

정말로, 면도를 할 수 있고 머리카락을 자를 수 있다. 이

발사가 있다. 그의 앞으로 줄을 짓는다.

여기에는 역시 의사도 있다. 우리는 그에게 말할 수 있고, 각자가 입은 작은 상처들에 대해서 투덜거릴 수 있다. 게다가 피티에 살페트리에르 병원에 입원할 전표도 얻을 수 있다.

식사 시간!

큰 구내식당 안에서는 한 식탁에 네 명이 앉는다. 거의 아무도 아무 말이 없다. 동시에 밥을 먹는 수많은 사람들의 건조한 포크와 숟가락질 소리만 들린다.

우리는 한 오십 명쯤 된다.

각자 곁들이고 구워진 고깃 덩어리를 받는다. 관례이다. 셀러드, 치즈, 디저트.

어떤 이들은 이를 우비고 다른 이들은 담뱃불을 붙이거나 트림을 하면서, 우리는 구내식당을 나와 담벼락 위로 훨씬 더 불쑥 튀어나온 건물들과 굉장히 높은 담으로 둘러쳐진 뒷마당으로 나온다. 여자들을 위한 옛 감옥이라고 한다.

반쯤 눕고, 등을 벽에 기대고, 졸린 우리는 담장을 따라 여기저기에 주저앉는다. 오랜 친분이 있는 사람들은 웃으면서 서로 이야기를 한다. 그들은 여러 해 동안 길에서,

지하철역에서, 야간 보호시설에서 함께 지냈다.

사람들 사이에 우정의 맞닿음은 신의 은총이다. 그것은 잘 알려진 사실이다. 모두가 사랑의 터전을 가지고 있다.

불어에서 말하듯 '주변인들', 삶의 여백 (소외 계층으로) 으로 밀려나는 것. 그것도 '변두리' 에서.

하지만 거기에도 한계는 있다. 벽 근처에서 잠든 누군가의 신발을 아주 조심스럽게 벗겨 내면서 무어라 중얼거리는 여기 이 남자가 있다. 겨우 들릴 정도로 혼잣말을 하면서 신발을 가지고 가 마당에서 떠돌더니 그 안에 수돗물을 채운다. 인생의 고독이 그를 우리들보다 훨씬 더 멀리 데려갔나 보다.

또 한 사람은 눈에 띄게 훨씬 괴롭다. 스티브이다. 아무런 걱정이 없는 여전한 명랑 동반자. 그는 창백하고 눈가가 거무스레했다. 그는 '언제요?'... 라는 같은 질문 하나로 경찰들을 귀찮게 한다. 그리고 대문 쪽으로 계속해서 간다. 몇 시간 동안 갇힌 것이 그에게는 큰 고문이다.

시간이 길게 느껴지기 시작한 것은 사실이다.

자신의 석방을 기다리는 것은 힘이 든다.

아침에 여기에 들어오면 오후 다섯 시쯤, 버스가 다른 무리들을 데리고 새로운 기습으로 돌아올 때 풀린다는 것을 질문에 답을 아는 이들을 통해서 나는 이미 알고 있었다.

저녁에 들어오는 사람들은 더 끔찍하다. 감옥에서 잠을 자게 한다. 요컨대, 만약에 따뜻한 밤을 지낼 곳이 아무데도 없다면 겨울에는 차라리 잘 된 일이라고 혹자들은 말한다.

이것은 가히 흥미롭다! 신기한 사실이 하나 있는데, 통계적으로 우리는 숫자가 그리 많지 않다. 지붕을 인 몇백만 대 몇천 명이다. 하지만 제명되고 불필요한 이 사람들의 무게는 무시할 수 없다. 갖출 걸 갖춘 수십만 명의 그것보다 더 크다.

도덕성의 무게는? 동정과 멸시의 무게는? 인종 연대의 무게는?

국민 총생산에 그들이 공헌을 가져온다는 것을 믿으라. 모순적인 방식으로, 그들은, 일을 더 잘 하고 오래하는 이들을 위해서, 자신도 모르는 사이에 일을 하고 있는 이들의 등 뒤에 보이지 않게 서 있다.

세 시간이 지났다.

이미 대화와 언쟁과 혼란과 화해가 있었다.

내가 여기에서 취직자리를 알아봐야 되는 것은 아닐까? 온화하게 사람들을 맞이하는 것, 이것이야말로 완벽한 일이지! 그리고 또 뭔가를 한다는 것. 안내소 바닥 타일을 물줄기로 씻어 내리는 오렌지색 유니폼 한 벌을 입은 이 남자처럼.

그에게 나의 계획을 털어놓았다. 그는 잠시 생각한 뒤에 이렇게 말한다.

"다음번에 또 당신을 데리고 오면, 입구 경찰들에게 당신이 여기에서 일하고 싶다고 말하세요."

유월의 어느 한나절 더위.

뜨거운 아스팔트.

철창살이 든 층층이 창들.

감방들.

육체에 갇힌 영혼은 가끔씩 이상한 행동을 하기 시작한다. 그래서 우리가 육체를 두꺼운 벽 뒤로 가둔다.

사람들이 침대로 그리고 감방으로 다시 떠났다.

더군다나 오늘은 사회학이 고무로 된 컨테이너의 곡선들, 불규칙한 곡선들의 일직선들을 더 좋아했다. 더 잘 적응되었다. 끼리끼리 뭉친 무리의 경계선들이 덜 경직되었다. 하지만 현대사회는 제 자신의 쓰레기장과 제 자신의 쓰레기들도 가지고 있다.

만약에 인간이 받아들였고 혹시 체념했다면, 그리고 그렇지 않으면 달리 무엇을 더 할 수 있을까? 그들은 여기에서도 살아 남을 것이다. 마침내 죽음을 기다릴 것이다. 항상 같은 것, 그럼에도 불구하고 유일한 그들만의 것을. 마치 그것이 삶의 전부였던 것처럼.

사람들은 너무나 많은 일을 한다. 마치 오래, 오래, 거의 영원히 땅 위에서 살아야 될 것처럼.

버스가 도착했다!

교대할 사람들이 탄 버스!

한숨과 대다수의 흥분.

새로 들어오는 이들의 고함과 그르렁거림, 술에 취한 목소리와 헛된 항의들이 입구에서부터 들려온다. 여기 한 선생은 진짜로 잡혔다. 수갑을 차고 따로 어디론가 데려간다.

5

자유! 너무나 부드럽고 표현할 수 없는 이 감동.

하늘의 뜻에 맞겨진 사람이라도 철학을 냉담하게 내버려 둘 순 없다...

"버스에 빨리 좀 탑시다."

빛나는 눈동자들, 많은 이들의 흥분의 탄성들, 거대한 감옥의 개폐문이 한쪽 옆으로 천천히 미끄러진다.

버스는 외곽순환도로로 빨리 진입했고 일차선으로 굴러간다. 생 투앙 근처에 지하차도 안에서 버스가 멈춘다. 경찰들의 임무가 끝났다.

우리는 버스 밖으로 흩어졌다. 마치 터진 감자자루에서 감자가 쏟아지 듯이.

모두가 터널 출구 쪽으로 재빨리 향한다.

아침나절이 만족스러웠던 다른 사내들에 비해, 갇힌 것이 거의 미치도록 힘들었던 스티브, 그는 빛을 향해 긴 벽을 타고 헐레벌떡 뛰어간다.

다리를 저는 한 남자는 조심스럽게 제일 마지막으로 내

린다. 그는 주변을 두리번거리지 않는다. 경찰들이 버스에서부터 나에게 소리를 지른다.

"저 사람 도와요!"

나는 그가 아스팔트 위를 다지게 밟도록 도와준다. 차문에서 한 경찰관이 거의 부탁하는 어조로 되지른다.

"아저씨! 그 사람 저버리지 마세요! 앞을 못 봐요!"

돌연 아무도 없다. 버스도, 오늘의 이 징역의 동반자들도.

맹인과 나와 귀를 멍하게 구르릉거리며 터널 안을 굴러다니는 자동차들 말고는 아무도 없다.

맹인의 이름이 루시안이라는 것을 알게 된다. 생라자르역에서 구걸한다고 한다.

나는 그의 절룩거림에 바로 적응하지 못 한다.

"아니야, 그렇게 하면 안 돼! 너 때문에 넘어질 뻔했잖아!"

그가 외친다.

나는 결국 그의 균형이 어디에서 잡히는지 이해한다고 믿는다. 왼발의 발바닥 전체가 바닥에서 쉬고, 더 짧고 굽은 오른발이 발부리로 땅을 딛는다. 그가 앞으로 나가는 것은 오른발이다. 그 뒤에서 왼발은 따르기만 하고.

"이전에도 널 낭테르에 데려갔어?"

"그래."

"그리고 널 혼자 놔두었어?"

"응."

"그래서 넌 어떻게 했어?"

"나는 벽에 붙어 있었고 기다렸어. 누군가가 결국엔 멈췄고 나를 지하철역까지 데려다주었어."

그래도 '장녀', 프랑스이다...

그럼에도 불구하고 소위 '큰 고난을 겪는 사람은 하느님을 대신해서 행할 수 있는 기회를 가졌다.'라는 말도 있지 않나.

휴우, 우리가 터널을 빠져나왔다! 훨씬 밝고 소음이 적다. 숨도 더 쉽게 쉬어진다.

나는 모든 격려와 칭찬의 환호를 전부 다 사용했다.

"옳지! 너 희한하게 잘 걸어! 얼마나 많은 사람들이 널 부러워하겠어! 조금만 더 힘내!"

하지만 우리는 정말 피곤했다.

자주 멈춰 섰다.

*

우리와 같은 경우를 하늘이 무심하게 내버려 두지 않는다는 것을 믿으라. 두 젊은이가 네거리에서 스치고 지나가다가 서로의 시선을 주고받더니 이윽고 멈췄다. 그들은 자신들의 걸음을 되돌아왔다.

"한 손 거들어 드릴까요?(한 손 – 프랑스어, 참 재미있다!)"

그래서 그들이 손수 손자리를 만들었다. 다친 사람을 옮길 때 응급조치 포스터에서 이런 류의 상을 그린다.

대상을 손묶음에 앉히기.

"어라, 당신들이 지금 날 넘어뜨리려고 해! 어어, 이런 식으로는 안 돼요!"

결국 그는 앉았고 들어주는 두 젊은이들의 튼튼한 목을 움켜잡는다. 나는 뒤에서 내 배낭과 루시안의 가방은 들고 부담은 덜고 걷는다.

지하철.

건장한 청년들에게도 일은 일이었다.

그들은 땀흘리고 약간 숨가빠한다.

"댁들의 'B.A.(자원봉사)'에 감사합니다!

거의 보이스카우트 격언에 가까운 이 말을 듣고 웃으면서 그들은 조금씩 듬성듬성하기 시작하는 사람들 사이로 사라진다. 퇴근 시간이 끝나 간다.

우리는 자동문의 재간진 기계장치를 거쳐 통로를 비집고 나간다.

"근데 이전엔 선명하게 보였어?"

"그럼, 보였지, 보였다마다!

"그래서 그 다음에 못 보게 된 거야?"

"그 다음에 못 보게 됐지."

루시안은 특별히 자신의 얘기를 하고 싶어하지 않는다. 아 참, 또 갈아타야 된다. 그리고 이번엔 에스컬레이터가 없다. 하지만 전혀 걷지 못하는 나의 딸 마리와 지하철 여행을 했던 경험이 있다.

지하철 안에서 사람들은 루시안에게 자리를 양보해 준다. 독특한 움직임, 그는 앉기 위해서 구부린다.

각각의 동작이 그에게는 노력, 일, 습관이다. 처음엔 낯설어 보이는 어떤 능숙함이 부족하지 않다.

지상으로 올라가는 마지막 관문.

"서두르지마, 서두르지마."

숨이 가쁜 루시안이 말한다.

그리고 나도 숨이 차서 계단 한 가운데 멈췄다.

갑자기, 그 외침의 적나라함으로 거의 유별나고, 또 온 벽을 다 발라놓은 광고문, 하지만 적어도 나에게는 너무나 와 닿는 문구.

하느님은 당신을 사랑합니다

나는 그것을 큰 소리로 읽었다. 루시안은 아무런 반응이 없다.

그러나 우리는 드디어 기차역 앞에 도착했다.

"어디가 네 자리야?"

루시안은 자신의 자리를 설명한다. 한쪽은 올라가고 다른 한쪽은 내려가는 계단 있는 발판, 경사면 그리고 매끄러운 유리창 앞(가게 진열대 앞).

우리는 광장에서부터 입구를 찾는다. 그는 경사지에서 걸음을 만족스럽게 더듬는다. 그의 구역은 여기이다. 그리고 오늘 아침에 그가 있었던 곳도 바로 여기이다. 그는 이곳에서 밤을 보낸다. 어제 그리고 그저께도 항상 이곳에 있었다.

그는 나에게 담배 한 갑을 사 달라고 부탁하면서, 돈을 주고는 담배 가게까지 어떻게 찾아가는지를 설명한다.

그것이 전부였던 것 같다.

우리는 작별 인사를 나누었다. 몇 걸음을 걸은 뒤에 나는 뒤돌아선다.

루시안은 숨을 고른다. 플라스틱 물병 바닥을 자기 앞에 놓는다. 그리고 그 속에 일 프랑을 넣는다. 머리를 꼿꼿이 들고 눈은 정면을 바라본다.

만약에 그가 앞을 선명히 볼 수 있다면 광장으로 난 출구 통로를, 역전을, 가로등을 그리고 이미 완전히 어두워진 하늘 동강이도 보았으리라.

6

밤새 7구에 있는 나의 집으로 천천히 돌아왔다. 도시 전체가, 나라 전체가, 유럽 전체가 나의 집이 되어서 가는 도중에 조금 외진 길이면 아무 데서나 잠을 잘 수 있기는 하지만.

느린 걸음은 생각하기에 좋다. 너무 강압적인 배고픔이 그것을 방해하는 것은 사실이다. 그렇게 되면 고단함이 당신의 머리를 비운다. 생각들에 흥미도 없어진다.

'너는 너 자신을 아는가?'

그리고 너는 네가 다른 누군가가 되는 것을 볼 것이다.

고개를 숙이고 버릇이 된 힘의 법칙. 여기에 좋은 수가 있다. 말하자면 똑바로 서서 걸인의 자세로 손을 내미는 것.

예를 들어 걸인의 변천사와 같은 것은, 그런 것이 생겨난 것처럼 이상하게도 이 질문의 전문가들도 그들의 지식을 제대로 사용하지 못한다는 것이다. 그렇지 않으면 로욜라의 이냐시오의 전기와 같은 것. 니콜라 성인의 구

걸 행위를 기록하지 않는 현대 텍스트들은 더더욱 우습다. 그는 주교가 되었고 그래서 이것은 여러 사람에게 난처하다.

성 프란체스코회는 운이 좋다. 그들의 가난에 대한 담화는 한 논술에서 다른 것으로, 한 책에서 다른 것으로 옮겨지길 바랬다. 이상한 일화들이지만 전시대와 사라진 세상의 의무들.

타자의 인생의 사건들의 쇠퇴!

마치 완전한 그의 것에 풍미가 빠진 듯한 느낌. 간식거리를 위해서 멀리 가거나 훔칠 필요가 없다. 가장 꾸밈없이 옷을 입고(아주 오래전부터 버리려고 작정했었던 바지와 남방을 입고) 거리로 나가서, 지하철 역 근처에 자리를 잡기만 하면 된다. 너무 두렵지 않도록 이미 누군가가 자리를 잡고 있는 거기에서 그리고 태고적 몸짓으로 손을 내민다.

만약에 우리에게 충분한 용기가 있다면, 당연히.

만약에 찾고자 하는 이 귀한 의도가 당혹감, 두려움, 창피함과 같은, 어디에서 밀려온지 모를 파도에 의해서 휩쓸리지만 않았다면.

사회적으로 알몸이 된 자신을 바라본다는 것은 끔찍하다.

다소 존중받고 받아들여질 만하고 행복한, 월급을 받는 시민으로서의 자신의 역할의 의상을 오 분 동안 벗어던지면서.

이제 새로운 무언가가 드러난다. 바로 우리가 아무것도 아니라는 사실.

오, 세상에 대한 멸시라니 얼마나 가슴 아픈 일인가(그리고 이 멸시에는 다른 사람들에 대한 나의 것도 있다)!

달리 표현하자면 다른 사람들에 대한 멸시는 나의 완전한 오만함에 이른다.

비난과 혐오감의 무게는 당신들의 어깨 위에 내려앉는다.

하지만 만약에 우리가 이 첫 단계를 받아들인다면, 나는 '누군가'가 '어떤 사람'에게 자신의 자리를 양보한다는 것을 확신한다. 개인적 견해들과 상념들 사이의 사회 문제와 교차점.

인간의 늪이 역류했고 넘어진 사람은 제 자신의 맨몸을 드러낸다.

말 없는 도움은 그의 머리 위에 매달려 있었다.

*

여기 저기에 사람들이 서서, 앉아서 혹은 누워서 버틴다. 사회와 무가치한 사람들 사이에 파수병들.

오 아니다! 성경은 그들을 경멸하지 않는다. 그들도 나도 아니다. 빠르고 쉽고 이로운 방식으로 시편 22편 (라틴어 역에서는 21편) 에 나오는 벌레가 되는 나의 차례였다. 벌레는 단순한 벌레가 아닌 독보적인 가치를 지닌 벌레이다. 만약에 벌레로 지목된 이가 누구인가를 상기한다면 참으로 귀한 존재이다.

*

겨울이 또 다가온다. 서늘한 공기와 안개, 차가운 손들.

헤어짐의 시간이다. 하지만 누구와 헤어지는 것인지 나는 모른다. 끝을 맺는 한해와? 아마도 나룻배처럼 멀어져 가는 인생의 한 부분과의 헤어짐이겠지.

때로는 주변을 두루 살펴보고 고개를 끄덕이는 것이 필요하다. 자, 사람에 대해서 아직도 바꿀 수 있는 것이 여기에 있다. 그리고 신이라면, 운명과 사회라면 그에게 어떤 영향을 미칠까?

네 명의 미의 여신상 (주철제로 된)이 지붕을 떠받치고 있는 작고 전형적인 짙은 초록색 왈라스 분수대 앞, 르쿠르브 철도교 아래를 다시 지나가야 한다. 물은 이미 끊긴 지 오래다. 첫 동결임이 틀림없다. 지금은 주유소로, 기차역으로 물을 길으러 가야 한다. 전철역 안에 가끔씩 수도꼭지가 있다.

어디에서나 거의 대부분이 다 비슷하다. 사실 인간은 멈추지 않고 불변성을 찾아야 한다. 그것을 행복이라 부른다. 결국 그것이 영원함이다. 하지만 아니 그것은 다시 죽음, 이혼, 늙음에 이른다. 변화라는 것으로.

육체의 끈기라고?『건강』잡지의 표지 위에 적힌 말을 인용해, 건강 관리를 아무리 잘 했어도, 예를 들어 육체는 스스로를 망가뜨리기 시작한다. 처음에는 당연히 단지 늙는 것으로 시작되지만 그런 뒤에는…

의학은 우리를 돕기 위해서 서두른다. 늘리기와 지속하기를 위해서. 더도 덜도 말고, 아주 조금만 더. 히유! 그런 뒤에 그것은 우리를 문지방에 세워 둔다.

철학은 우리를 조금 더 나중에 포기할 것이다. '더 이상 할 수 있는 것이 아무것도 없습니다. 사람은 누구나

다 죽습니다. 흠!'

제일 운 좋은 사람들이 종교가 있다. 그들은 저 너머의 어둠 속에서 천국을 그린다.

그런 희망은 너무나 강해서 때로는 지식으로 탈바꿈 한다.

*

파스퇴르 왼쪽 대로변에서 보지라르 길을 오르다 보면 작은 상점이 하나 있다. 나는 불필요한 스트레스를 받지 않기 위해 가끔씩 간판을 쳐다보지 않으려고 애쓴다.

그리고 일부러 진열대를 관찰한다. 혹시나 해서...

여기에서는 이상한 신발들을 진열한다. 두꺼운 신발 밑 창들 그리고 석고 주물들.

교정 신발 작업장이다.

나는 1984년도에 이곳에 마리를 데리고 왔었다. 아니, 우리가 커다란 희망을 품고 있었던 1983년도에. 척추 변형에 알맞은 척추뼈를 보호해 주는 조개껍질처럼 생긴 둥근 좌석, 그 '조개' 하나와 신발을 주문하러 왔었다.

우리는 누와지르그렁에서 왔다. 굉장히 멀고도 멀었다. 겨울이었고 대모가 있었고 교통 체증이 있었다.

나의 딸아이는 발이 추웠다. 내 기억으로는 이날 차 안에 히터가 고장이 났었다.

하지만 딸은 불평할 줄을 몰랐다. 잘 데워진 작업장에서 크기를 재고 석고 주물을 뜨는 동안 몸을 녹였다.

'빨강 아빠 차'가 마리에 대한 추억이다. 나중에 오륙 년 이후에 말을 하기 시작해서야. '빨강 아빠 차'

*

만약에 우리가 대로 건너편으로 계속 걷다 보면, 성인 장 밥티스트 드라살의 교회 측면과 접하는 골목길을 만나게 된다. 오늘날에 거의 사라진 교원의 이름, 「형제기독교학교」의 창시자이다. 교회는 경사로에 지어졌다. 왜 정면이 높게 위치했는지, 왜 십분 넓다란 계단이 거기에 놓여 있는지의 이유이다. 하룻밤 묵기 좋은 거처를 내어 주는 대문 차양과 입구.

하지만 작고한 고인들을 위해서 이것은 실용적이지 않다. 그리고 독특한 엘리베이터가 관을 올리기 위해 설치되었다.

이곳에는 사람들이 많지 않다. 내부는 어둡고 따뜻하다.

모든 생활 방식이 습관화되었다. 그것이 사실이다. 도처에 일과 휴식이 있다.

겨울비로 축축한 잠바, 이것을 어디에서 말릴까? 어려움은 거의 극적이 될 수 있다. 도시의 공공 화장실은 유료이다. 외곽 순환 도로에 로마 황제의 이름을 달고, 아직도 남아 있는 굉장히 드문 몇 개의 '공동 화장실'만 뺀다면, 그리고 만약 우리에게 이 프랑이 없다면 (어, 정말로?)…

반대로, 거리 인생은 무관심한 태도로 행동한다. 불확실성과 상황의 예측 불허. 나는 나의 하루하루를 무엇으로 채워나갈지가 없다. 그리고 그것은 실패에 대한 창피함과 책임감에 대한 짐을 던다. 어린 시절과 천국의 자유가 바로 여기에 있다.

멈춘 시간의 세월. 공중에 매달려 흘러간 세월.

축복받은 해들.

7

행복한 날들은, 내가 몇 가지 활동을 함에도 불구하고, 나의 특별한 노력 없이 저절로 계속되고 있다. 꼭 다른 사람들처럼. 상황에 따라서. 오늘은 예를 들어, 나를 위한 침대를 만들기 위해서 널빤지들을 찾았다. 여덟에서 열 겹, 요즘 같은 날씨에 더 적으면 안 된다.

왜냐하면 1988년도 이월 달은 굉장히 추웠다고 할 수 있을 정도로 추웠었다.

나는 거의 이년 동안 성지 순례를 하고 돌아왔다. 십자군, 중세 시대의 성지 순례자들, 율리시스가 내 앞을 선행했다... 당시에 나는 젊었고 즐겁게 떠났고 웃었는데, 지금은, 어느 상점의 유리창에서는 바람에 그을린 얼굴과 회색 수염에 꿰뚫는 듯한 부담스러운 눈빛을 비추었다. 내 두 눈은 모든 것을 다 보았다. 거의 다.

밤이 더 추워졌다. 그리고 나는 지하 차고로 연결되는 층계들을 내려가기 시작했다.

계단 등불은 강하게 비췄지만, 비질이 잘 되었고 배설물의 흔적도 없었다. 아래 철문은 아침 여섯시까지 잠긴다. 그럼에도 불구하고 내가 원했던 가벼운 온도의 차이가 느껴진다. 아래에 따뜻한 공기가 없다고 말한다면 좀 과장일 것이다. 하지만 단지 거리에서는 추위가 새벽에 더 심해지고 여기는 아니다. 어둠 속에서 추위는 볕에 있을 때보다 기세를 더 부리는 것처럼 느껴지는 것이 흥미롭다.

층계에서 잠을 자는 것이 특별히 더 편하다고 말하기는 어렵다. 우리는 눕고 싶고, 어떤 때에는 갑자기 굴러 떨어지고, 부실한 피난처가 풀리기도 한다. 판지들은 윗계단에 남고 폴리에틸렌 누에고치가 열린다... 그래도 침낭은 그리 나쁘진 않다. 솜털이긴 하지만 그것은 수많은 세월과 함께 납작하게 눌렸다. 차츰 얇아졌고 너무 얇아졌다. 그래도 옆으로 누워서, 층계 마지막 단과 같은 높이를 맞추기 위해 다리를 접고 그 속에서 데울 수 있어서 좋다. 오늘은 신의 은총으로 환상적인 판지를 찾았다. 오래된 상자의 길고 두꺼운 종이. 완벽한 단열. 콘크리트의 차가움이 찌르지 않을 것이고 너무 일찍 잠을 깨우지도 않을 것이다.

그리고 지하 차고 입구 철문을 여는 직원에 의해서 잠을 깬 것은 사실이다. 결국 그 사람 때문이 아니라, 철의 덜컹거리고 삐걱거리는 소리 때문에. 그는 신경을 쓰지 않았다.

겨울 아침의 여명과 서리. 안개.

도처에 수증기가 올라온다. 그것은 지하철 입구들과, 금방 밖으로 던져 버린 웨이터의 아침 커피숍들에서 나와 배관 파이프 위로 매달린다. 그리고 어느 거리에서 보다 더 따뜻한 사방팔방의 행인들의 입김들.

나의 오두막은 묘지를 생각나게 하는 성 아우구스티누스(**Saint Augustin**) 성당 옆에 있다. 여기에서 나를 놀라게 한 것은, 나폴레옹 III 세가 황실 무덤을 여기에 짓고 싶어 했다는 것을 몰랐다는 것이다.

내가 나의 사는 방식을 고집한다고 믿지 말라. 이미 끝난 수련처럼, 이보다 더 구식이었던 적도 가끔씩은 있었으니. 그것은 1985년에 시작되었다. 십이월 1일, 이미 세가 나갔고 엠마우스 HLM (영세민들을 위한 아파트)의 사무실 직원이 와서 열쇠로 잠궜던, 누와지르그렁의 아파트에서 거리로 나앉았다.

첫날은 태양이 여름처럼 쬐었다. 그리고 참새들이 즐겁게 지겨귀었다. 그리고 나도, 우리 시대의 첫 세기 수도자들의 글에서 집 없는 사람들의 정신 수양을, 노래와 찬양을 배우려고 했었다. 그것은 - 모든 고행이 그렇듯 - '여우도 굴이 있거늘 인자는 머리 둘 곳이 아무데도 없노라...' 는 예수 그리스도의 생애를 상세하게 기록한 복음서에서 비롯되었다.

이와 같은 처지인 나를 보라. 이 작은 우연으로 소중한 무언가를 낳으려는 것이 아닐까?... 그것은 어쩌면 반드시 가야 되고 견디어야 되는, 어딘가로 나를 이끌어 줄 인도자의 끈, 오솔길이 아니면 무엇이겠는가. 그렇다면 결국엔 무언가가 나타날 것이다! 어떤 거대한, 불변의 것이! 영원토록...

이월달의 오늘 아침과 같은 추위에는, 이런 고행을 고집하지 않는다. 그래, 사람은 나약하다. 부서지기 쉽다. 다른 가능성을 확인해야 한다. 나는 쁘띠 클라마르 길을 택했다. 그곳에서 세례를 받았고 거의 삼 년간 교구 신자였었다. 거기에는 교회와 인접한 곳에 아주 오래전부터 사람이 살지 않았던 빈 건물이 하나 있다.

지하철은 열려 있다. 한숨을 쉬면서 어떤 직원이 나를 표 없이 지나가게 했다. 그 사람의 굉장히 고귀한 손짓.

지하의 숨 막히는 열기와 습기. 그것은 마치 무거운 짐에서 풀려난 것과 같다. 내 몸이 다시 살아난다. 우리가 알아차리지 못하는 사이에 추위 속에서 근육들이 줄곧 긴장을 한다. 그리고 거기에서 피로가 온다. 온기는 휴식이나 마찬가지이다.

종점역에서부터 클라마르까지는 팔 킬로미터가 된다. 나의 위장은 비었지만 내가 뛰어넘은 수천개의 난관에 비하면 그것은 당연히 잔챙이에 불과하다.

하얀 수염의 온화한 사제장이 문이 열리는 소리에 뒤돌아본다. 프세볼로트 신부님이다. 나를 잠시 바라보셨고 그리고 나서 조심성 있게 감탄사를 보낸다.

"오, 당신이군요!"

그는 혼자이다. 아침 열 시쯤이면 서너 명이 올 것이다. 마침 온 김에 미사에 참석할 수 있다. 그 시간에 보는 책을 큰 소리로 읽는다. 향료 속에 석탄을 지핀다.

성당 관리인 니콜라가 도착했고 작은 종을 치기 시작한다. 성산벽의 출입구가 열린다(일반인들이 접근하지 못하는 교회의 오리엔탈 부분을 감추는 아이콘으로 뒤덮힌 칸막이이다). 프세볼로트 신부님은 동쪽을 바라보고 우리들에게서 등을 돌린 채 낭독했다.

"성부와 성자와 성령의 이름으로, 주님의 왕국에 오늘과 내일에 영원한 은총을 주시옵소서!"

감탄사들, 손짓과 성경들. 이것이 신에게 바치는 전례이다. 이 예식의 진행은 세기를 걸쳐 반복되어 왔고 널리 잘 알려져 있다. 아니, 이런 표현이 아니라… 더 자세히 말하자면 지속적으로 개화되어 왔다. 행위의 모습은, 멈추고 쉬는 신부님의 움직임과 아울러 충분히 복잡하다. 파리 외곽지의 비잔틴의 단편.

성스러움의 신선함과 죄악의 노쇠.

그토록 먼 곳, 그토록 깊은 곳, 뿌리들... 가지들... 그러한 과거에서 비롯된 새싹들... 이 의복, 당연히... XI세기의 키예프 혹은 IV세기의 콘스탄티노폴리스의 그것과는 다른. 지금은 레이스의 황금이 완전한 금이 아니다. 그리고 주교관의 보석은 색을 입힌 유리를 깍아서 만든 것으로 대체했다.

영혼이 쉬는 일상의 평온함.

인생의 무질서의 한 가운데에다 닻을 내리고 기지를 만드는 것.

무엇에 관한 대화를 나누고, 누구를 비판할 것인가? 사십 살까지 이것이 부유한 사람들이 하는 활동이다. 우리는 어떤 이해, 건강, 우정 관계에서는 모두가 부유하다. 그리고 잃음의 달아빠지고 구멍 난 인간의 보잘것없는 근본을 차츰차츰 알아차리는 외풍이 불어온다. 그리고 결국 남은 육체, 그것은 더 이상 제 자신의 것이 아니다. 그렇다면 그것은 지금 어디에 있나? 그리고 내가 좋아했던 당신들 모두는 어디에 있나?...

"... 그분은 우리를 구원할 것이고 우리를 용서할 것입니다. 그분은 인자하시고 사람들의 벗인 이유로."

끝이 났다.

프세볼로트 신부님은 성체 (술잔에 담긴 내용물)를 마시면서 성산벽의 칸막이 뒤편에서 여전히 머무를 것이다. 그런 뒤에 일상복으로 갈아 입는다. 입구 옆에는 폭과 길이가 제각각인 양초들을 모아 놓은 골방이 있다 (당연히 가격도 제각각이다!). 사람들이 여기에서 살고 죽은 지인들을 기리면서 성찬의 식탁에서 개별적으로 선사하는 프로스포라를 구입한다. 이것은 누룩 (중요한 것은, XI세기의 동방 정교회와 카톨릭 사이에 단절이 있었던 이유 중에 하나가 이것이다. 뒤의 종교, 카톨릭은 누룩을 알지 못했다) 반죽을 한 작고 둥근 빵이다. 한 젊은 여자가 웃으면서 다가온다. 이날 그녀는 혼자서 둘도 없이 소중한 성가대 역할을 맡는다. 사제와 성가대 사이에 대화는 의무이다. 더군다나 제문 낭독은 금지되었으니 다만 그것을 노래해야 한다. 도처에 그의 교리가 서린다.

"안녕하세요! 당신이세요?"

창의 빛이 나의 낯에 떨어진다.

놀라움이 그녀의 얼굴에 세겨지더니, 점점 더 커졌 갔고 감출 수 없는 공포가 된다. 그녀는 나를 주시한다. 그녀의 시선이 나의 선들을 관찰한다. 너무 한참 동안이라

나는 당황했다. 하지만 그래, 그것이 나다. 내가 특별한 것이 뭐 있겠나?...

불현듯, 나도 보인다. 그녀의 눈가와 입가에 주름들... 붉은 가루들의 자국들... 얼굴을 위협하고 있는 늙음의 구름을 밀어내고자 하는 그녀의 노력들이...

얼마나 흥미로운가! 그녀가 나를 보는 것처럼 나도 그녀의 눈으로 그를 보았다... 예전에, 어쩌면 한때 그녀에게 상냥하고 싹싹하던 이 얼굴. 그녀는 생글거리고 젊은 낮의 추억을 간직했다... 그리고 지금은 그으른 피부, 세월에 허옇게 센 털과 수염들... 주름들... 그녀는 처음으로 세월이 한 일을 보았다. 그것이 역력하다.

나는 그녀를 위로하려고 노력하면서 그녀의 생각들에 대한 답을 했다.

"괜찮아요. 별일 아니에요. 당신 남편과 아이들은 어때요, 좋아요?"

"다들 잘 있어요. 아이들은 잘 크고, 남편도 일이 있고, 다 잘 되고 있어요..."

그녀는 진정했다.

미스테리는 여기에 있다. 왜 우리는 늙음의 변화를 겪는가? 우리는, 우리의 어린 시절과 청소년 시절 내내 우리보다 나이 든 수천수만 명의 사람들을 보았으나, 이것이 우리에게 정녕코 다가오리라는 것은 알지 못했다!

늙음은 죽음처럼 끔찍하다.

십 년을 헤어진 이후, 내 어머니의 사진들은 나에게 그리 놀랍지 않았다. 그녀는 또 조금 더 늙었지만, 내가 보았고 나와 함께 얘기를 나누었던 여전한 그녀였다. 그리고 이십 년 뒤... 이십 년 뒤에도, 그것이 그녀라는 것을 안다... 하지만 지금 나는 그녀를 알아볼 수가 없다... 혹은 더 정확히 말해서, 알 수 없는 무언가가 그녀에게 나타났다... 다르게 겪은 세월의 흔적.

성당 관리인, 니콜레이 페트로빗치가 도착했다. 프세볼로트 신부님도. 촛대들을 팔았던 여자. 그리고 두 아이와 함께 있는 여자.

자, 제가 이렇게 다시 돌아왔습니다. 그리스도 안에 나의 형제 자매들이여. 제 생각에는 여기에 빈 방이 하나 있는 것으로 아는데, 안 그렇습니까? 그리고 제가 쓸모가 있을 수 있습니다. 하느님의 은총으로 올 겨울을, 그 이후를 무사히 날 것입니다. 하지만 제가 살아 있는 한은 무슨 일이든지 할 수 있습니다. 무언가를 고치고 다시 색을 칠하고...

"하지만 우리는, 우리는 그렇게는 못 합니다..."

프세볼로트 신부님이 말한다. 그리고 덧붙이시길.

"우리는 아무것도 할 수가 없습니다."

변화를 두려워하지 않을 사람이 어디에 있을지, 당신 스스로에게 물어보세요. 자신의 자리를 누가 결정할지를?...

"아니면, 이틀 혹은 삼 일만." 이라고 그가 말한다.

머물러 쉴 정도. 하지만 나는 기분이 상했다. 왜 그런 지는 알 수 없었다. 남아 있던 자존심이 드러났다. 시위를 했던 것은 부모에 대한 순수한 자식의 사랑과 관련된 어떤 것이다. 자, 여기 제가 돌아왔어요. 제가 도착했어요. 나는 나의 인생을 감수했고, 당신은... '이틀 혹은 삼 일'... 어떻게, 그럴 수가!

늘 그렇듯이 다른 매개체도 있다. 단지 하룻밤 묵을 따뜻한 거처가 문제일까? 그리고 잘 채운 위장이? (이건 확실치 않다) 나에게 하느님은 더 없이 훌륭하고, 더 없이 소중한 무언가가 있지 않습니까?...

"안녕히 계십시오. 신부님."

"잘 가세요... 네, 네, 예루살렘에 관해서 제게 편지를 쓰셨죠... 콘스탄티노폴리스 (Constantinople) 에 대해서... 아토스 산에 대해서도... 맞아요, 맞아, 당신이 쓰셨죠. 아토스 산을 얘기한 것은 흥미로울 수 있었죠. 거기에 대해서 많은 글을 썼지만, 항상 피상적인 인상들 뿐이었어요. 만약에 당신의 그 속내를 보여줬더라면 더 좋았을 텐데!"

그는 성당을 닫았다. 이곳은 오월이면 항상 과일로 뒤덮혔고, 결국 아무에게도 권하지 않았던 아주 늙은 버찌나무와 함께 작은 정원으로 둘러졌다.

두 아이를 거느린 부인이 갑자기 나에게 다급히 다가온다. 작은 사각형 종이 (감촉이) 를 손바닥에 쥐어 주고는 나의 손을 접는다.

"여기요. 받으세요. 부탁입니다! 그리고 걱정하지 마세요. 다 잘 될 겁니다."

그리고 프세볼로트 신부님, 그도 나에게 손을 내민다.

"안녕히 가십시오. 바빠서 이만."

장애 아동이 있다. 그의 아들 조르쥬.

"그는 모든 것을 두려워합니다. 길에 나서는 것을 두려워하지요." 라고 하루는 그의 아버지인 프세볼로트가 말했다. 거의 신경질이 났고 후회스러운 모습으로 말했었다.

1990년도에 그는, 파리에 있는 작은 동방 정교회에 있는 한 동료에게 또 이렇게 전화를 걸었다.

"올해는, 제가 당신의 집에서 보조미사 집전을 하지 않을 것입니다. 쉬었으면 합니다."

이 주 뒤에 그는 자신의 집에서 운명했다. 심장마비로, 칠십칠 세에. 요한 묵시록을 읽는 도중에.

나의 딸 마리는 그에게 굉장한 친근감을 느꼈었다. 그리고 무의식적으로 그를 흉내 내었다. 머리와 어깨의 자세로 성산벽 뒤편에 놓인 의자에 그렇게 어김없이 앉았었다. 그리고 그에게서 풍겨나온 평화와 고요와 휴식을.

*

나에게 이 말들을 전한 이고르 신부님이 모든 것을 인식하지 못했던 것처럼, 그러나 무의식 중에 그는 자신의 죽음을 예견했었다. 그리고 커다란 휴식의 시간이 다가왔다. 유일하게 그것만이 근심 속에 있는 우리를 도울 것이다.

신부님은 자신에 대한 이야기를 많이 하지 않았다. 하지만 가끔은 몇 가지 드문 추억을 상기시키기도 했다. 예를 들면 파리에서의 1940년 유월을, 샹젤리제는 길에 단한 사람도 없고 자동차 한 대도 없는, 행진도 주차도 없는 완전한 사막이었다. 햇살 좋은 날이었고 그는 개선문에서 내려가는 유일한 보행자였다.

도시의 고요.

창문들과 닫힌 빛막이 창들, 잠긴 문들.

멀리서 예상치 못했던 독특한 소음이 일었고, 그는 자신의 주변을 둘러보았다. 그를 향해 다가오는... 자전거를 탄 사람이... 그를 따라 잡았다... 그리고 독일 군이었다! 파리로 들어온 군사 선봉대. 그들은 당연히 대화를 하기가 어려웠다. 군인은 도시 안에 유일한 파리인의 존재를 납득했어야 했다.

"당신, funfte Kolonne이오?"

그가 물었다.

그리고 자신이 가던 길을 계속해서 갔다.

다시 내리기 시작하는 진눈깨비 아래에서 이 이야기를 떠올리면서, 실제로 일어난 사실이었음에도 불구하고 그와 같은 비현실적인 상황에 대한 새로운 쾌감을 느꼈다.

그 시절, 프세볼로트는 신학생이었다. 봄에 그는 자신의 나라인 러시아 북부, 프스코프 마을로 돌아갈 생각을 하고 있었다. 하지만 사건들은 진척이 빨랐고 스탈린의 영토가 발트를 향해 점점 더 확장하고 있던 상황이었다. 그의 어머니의 편지가 그에게까지 다다를 시간도 충분했다. "만약 네가 거기에 머무를 수 있다면, 거기에 그대로 있거라. 돌아오지 말거라." 그리고 또 다른 편지에서, 순조롭고 행복한 인생에 관한 평범한 문장들 사이에 내용과 전혀 무관한 말 한마디. "내 아들아, 돌아오지 말거라."

사막과 같은 버스 정류장 처마 아래에서, 나는 내 배낭 속에 있던 모든 옷들을 주섬주섬 덧껴입었다. 지금 나는 남방을 두 겹, 스웨터를 세 겹, 바지를 두 겹, 그리고 잠 바를 입고 있다. 추위는 더 이상 스며들지 않는다. 나는 어설프고 뒤뚱거리게 되었다. 누군가는 우주 비행사라고 말했을 것이다.

내 딸아이가 '파카 저고리'라고 말했듯이.

바람과 눈이 눅눅하다. 이것이 불쾌한 이유는 옷에 들러붙고 녹는다는 것이고, 너무 빨리 젖지 않기 위해서는 무언가를 해야 한다. 폴리에틸렌을 네 번 접어서 어깨에 걸칠까? 그런 차림새는 파리 사람들에게 낯설 것이다. 무서워할 것이다. 하지만, 반면에 그렇게 하면 속은 건조하다.

주일 저녁. 튈르리 공원은 이미 문을 닫았다. 센 강변 등불들이 행렬한다. 여기에 밤을 지낼 곳이 있다. 샹젤리제와 쿠스토의 말들 근처, 콩코드 광장 쪽에 널따한 지하철 쇠격자 환풍구. 누군가가 이미 그 위에 자리를 잡고 있는 중이다. 따스한 공기가 아래에서 입김을 내뿜는다. 썩 유쾌하지 못한 약간의 하수구 냄새가 있다. 하지만 거기에 있는 것은 실려가서 차가운 공기가 훨씬 적다는 것. 더군다나, 만약에 내가 나의 환상적인 플라스틱 깔개를 펼친다면, 냄새들은 줄어들 것이고 온기는 아래를 다시 데울 것이다.

조명은 너무 강하지 않았다. 나는 나의 플라스틱을 펼치면서 그리고 물병, 배낭과 책이 든 셀로판 포장 봉지로 그것을 눌러 고정시키려 애를 쓰면서, 여기서는 어쩌면 아무도 나를 알아차리지 못할 것이라고... 나를 알아차리려고 수고하지 않을 것이라고 희망한다.

경찰차가 옆에 멈춰섰다. 그리고 그것의 차창이 내려졌다. 그 후에 두 번째 차창이, 곧 뒷좌석의 차창이. 평화의 수호자들은 침묵의 명령이 실린, 기대를 건 이 독특한 시선으로 나를 응시했다. 그리고 나는 나의 플라스틱을 되접기 시작했다.

사실, 장소가 너무 눈에 띄는 곳이었다. 콩코드 광장, 청와대, 미국 대사관!

나는 마들렌느 사원 방향에 있는 로얄 거리로 접어들었다. 그것은 '사원'처럼 짓기 시작했던 파리의 유일한 곳이다. 이번에는 '이성의 사원'이 아닌 '명예의 사원'이었다. 그러는 동안 프랑스 대혁명이 끝났고 그것은 교회의 역활을 하게 되었다.

대형 건물 외벽을 페인트 칠하는 중이다. 그것은 가설
물로 뒤덮혔다. 그리고 옆에는 미래 작은 상가의 입구가
될 알코브가 있다. 창문들은 페인트로 마구 칠해졌고 실
내는 새 단장이 한창이라 난잡했다.

나는 완벽한 널빤지들을 찾는다! 그것들을 돌 위에 올
린다. 나의 침낭 속으로 미끄러져 들어 그것을 닫고 플라
스틱으로 둘둘 감싼 뒤에 자리를 잡는다.

날씨가 점점 더 추워진다. 더 이상 어설피 녹은 눈송이
가 아니라 플라스틱에 부딪치는 얼음 조각들이었다. 그
것들은 접히고 접어올린 가장자리 속에 쌓여 갔다. 판자
들 위에. 가설물의 철 파이프들 위에.

나는 따뜻하게 잘 있다. 마을은 결국 나를 받아들였고
이십 세기 이 마을의 생의 한 부분이 되었다. 길에서 잠
을 자는 극빈자로.

또 다시 깜박이는 자동차의 파란 헤드라이트, 여전히
경찰이다. 그것은 나의 피난처 맞은 편에서 멈춰 섰다.
거의 정면에. 하지만 지금, 그들은 나를 보지 못한다. 나
는 그들이 보이고 당연히 무전기로 말하는 말소리도 들
린다. 그들 중에 한 명이 차창을 내리고 담배 꽁초를 내
뱉으면서 말한다.

"개똥 날씨 하고는!"

마치 자동차의 다른 승객들에게 알려 준 것처럼. 러시아인들이 말하길, 혹독한 날씨에 착한 개 주인은 자신의 개를 밖에 내보내지 않는다고 했다. 프랑스인들도 이와 비슷한 것을 말한다. 이런 속담은 어쩌면 다른 유럽인들의 언어 속에도 있을 것이다.

그들은 아무것도 알아보지 못하고 떠났다. 널빤지들, 가설물들, 외벽 공사, 인부들이 주로 자신들의 도구들과 시멘트를 폴리에틸렌으로 덮는 것과 구분하기란 그리 쉽지 않을 것이다.

평화로운 명상의 순간. 다양한 상황들의 그토록 수많은 해를 겪은 뒤에, 다수의 개인적인 관찰을 한 이후, 혹은 책 속의 발견들이거나, 더 좋게는 다른 사람의 인생 속에서 주제는 고갈되었다. 인간은 향토적 특색을 빨리 잃었다. 프랑스풍, 러시아풍, 독일풍... 러시아 문학의 상투적인 문구도 희미해졌다. 꾸밈체의 영국어, 청렴체의 독일어, 변덕체의 프랑스어.

보편적인 인간이 남았다. 그들의 본능과 습성. 확고부동의 순서 속에 동일한 본능들 : 갈증, 더위, 추위, 굶주림, 성.

그들은 사회 관습의 틀 속에서 존재한다. 그리고 세기

의.

인간은 제 자신의 본능을 가지고 그렇게 만들어졌다.

그리고 습관에 순종하는.

이곳 저곳에... 신이 있다.

신 : 신의 대결.

신에 의해서 만들어진 자연. 그리고 신뢰와 처신의 각기 다른 형태의 신.

현재 내가 처한 상황 때문에 내가 짓눌렸다고 생각한다면 오산이다. 아니, 아니다. 내가 동화해야 하는 것은 물질이다. 당연히 내가 괴로움들을 감내하고 그것들을 최소한으로 줄이는 노력을 들인다 하더라도, 예를 들어 혹독한 추위는 사고력을 방해한다. 모든 굶주림의 경우와 마찬가지로, 아무리 견딜 만한 일상이라 할지라도, 그것은 의식의 목전에 남아 잊혀지지 않고 먹을 만한 음식 한 입거리 기다리기가 되었다. 아주 작은 한 입거리라도.

자, 어떻게 철학을 해야 하는지를 보라. 예를 들어 이론을 설립한 후에는, 큰 줄기 속에서 그리고 그것들의 세부 항목들 속에서 극단적인 조건들을 다시 생각해야만 한다:

(가) 목마름 (나) 추위 (다) 굶주림 (라) 성 - 만약에 우리가 이 마지막까지 도달한다면, 이 문제는 앞에 세가지 해답이 없이는 일반적으로 성립되지 않는 까닭이다.

이것이 보여지는 것처럼 이상한 것은, 극단적인 상황에서 개념들은 편안한 상태일 때와는 같지 않다는 것이다! 포식한 사람들이나 굶주린 사람들에게도 2x2 는 항상 4이지만, '하느님'이 말씀하신 인생에서 너무나 중요한 '선'이라든지 '악'이라는 개념들은 너무나 별개의 이야기이다!

터무니가 없다. 그렇지 않나?

나의 나라, 나의 집, 우리는 제 자신을 위한 모든 것을 가졌고, 좋은 식사, 텔레비전 앞에 편안한 소파와 같은 번창의 우주복과 갑옷. 그리고 우리는 온전한 우리 스스로의 생각들도 가지고 있다. 당연히 그것을 가졌다면, 언젠가 당신의 영혼에 들어왔어야 하는 것이다.

하지만 우주복의 얇은 칸막이 뒤에는 혹독한 눈의 결정이, 가방에 눌려 납작해진 침낭과 바지 두 겹 안으로 뚫고 들어오기 시작하는 차가운 바늘침들이 있다. 아, 육체 (제 자신의 노예를 데리고 사는) 와 영혼 (제 자신의 가벼움을 안고 사는) 의 관계의 신비로움!... 아이야! 나 다리에 쥐 났어. 왜냐하면 그럼에도 불구하고 불편한 자세로 있거든.

부드러운 졸음...

8

눈이 하도 많이 내려서, 벌써 그 무게가 다 느껴진다. 그리고 지금, 누에고치 안으로 가로등은 불빛을 훨씬 덜 걸러낸다.

그러는 동안 나의 과거는 전체로서 나와 함께하지 않고 단지 단편들로, 작은 파편들로 나뉘어졌다. 그리고 또 과거의 흘러간 나의 읽을거리.

조각들, 패치워크로 만든 이불.

각양각색의 누더기 헝겊을 가지고 기웠다. 방학 동안 우리 할머니와 할아버지의 집에, 시골 모스크바의 변두리에 이런 담요가 한 장 있었던 기억이 난다. 오십 년대 그리고 육십 년대 초반에…

이 이야기는 내 어린 시절의 담요와도 같다. 나는 혹시라도 당신이 추위에 떨 경우에 이것을 당신에게 권할 수 있고, 당신도 알다시피 이런 일은 모두에게 일어날 수 있다. 데워진 집 안에서도 감당할 수 없는 추위라는 것이 있으니.

*

　여름에는 밤이 느지막이 찾아온다. 라일락색 노을이 두터워졌고, 고요가 마을을 감쌌다. 육십 채의 통나무집은 서른 채가 마주보고 앉아서 넓고 더러운 길의 각 측면을 서로 바라본다. 행인들이, 사륜 짐마차들과 썰매들(겨울에는)이, 트랙터와 – 완전히 드물게는 – 크라스노자보스크(말하자면 붉은 공장)의 작은 동네 트럭이 가운데에 굴러다니는 오솔길을 텄다.

　울타리가 둘러진 네다섯 개의 창문들로 외관을 한, 거의 대부분의 집 앞에는 보리수들, 야생 벚나무들과 마가목들이 흐드러진 작은 정원이 있다. 할아버지 댁에는 아카시아나무들과 라일락 덤불도 있었다. 집 뒤쪽에는 텃밭과 들판이다.

　할아버지는 저녁 아홉 시면 주무셨고 코를 고셨다. 할머니는 소리 없이 주무셨다. 하모니카 소리가 길에서부터 들려온다. 사람들이 저마다 익살로, 러시아식 농담으로 흥에 겨워 풍자가요를 부른다. 거기에는 분명 이미 잘 알려진 스무 곡 남짓이 있지만, 가끔은 썩 잘된 신곡도 들어 있다. 소년들의 폭소와, 소녀들의 동조의 웃음이 아주 유쾌한 무언가에 미묘한 암시를 품는다. 나는 그것들을 이해하지 못하고, 이 웃음들은 마을 안에 일어났던 마지막 참혹과 관련된 것처럼 오히려 나를 두렵게 한다. 군대에 막 입대한 어떤 슬라브카, 그는 길에서 잠을 잤고, 죽도록 술에 취했고, 레일에 치였다. 그래서 자리에서 사망했다.

이 사건은 차를 마시는 시간에 한동안 얘깃거리가 되었다!

나는 또 마을 꼬마 녀석들과 사이가 좋지 않았다. 그들은 나를 놀렸고 모스크바인 취급을 했다.

나는 할머니께서 문단속을 잘 하셨는지 확인하러 갈 것이다... 그래, 두 개가 다 잠겼다. 베란다로 난 것이 집의 정문이다. 그리고 닭들이 사는 뒤뜰로 놓인 또 다른 문. 이것에 대해서 말하자면, 할머니 댁에는 특별한 닭 한 마리가 잠시 살고 있었다. 그것은 다른 닭들과는 달랐고, 이름이 '알품닭' 이었다.

아직 겨울이었고, 두세 마리 암탉들이 어미가 되고 싶은 욕구를 표현했다. 그것들은 알 낳기를 멈추고, 목구멍에서 나는 부드럽고 꼭꼭거리는 소리를 자아냈다. 할머니는 하나를 골라 잡았고, 녀석을 여남 개 알들이 있는 누더기가 깔린 바구니 속에 놓았다. 후보자가 거절을 하면, 할머니는 그것을 다리와 꼬리로 잡아다가 찬물이 가득 든 통에다가 빠뜨렸고, 모성의 욕구는 어느새 사라졌다.

품닭은 벤치 아래, 반 어둠 속에, 자신의 알들 위에 조용히 앉았다. 녀석의 빨간 볏만 보였다. 그리고 그 눈들은 우리가 아주 가까이 다가가면 쭈그러들었다. 녀석은 한길에서 산보하는 다른 녀석들처럼 달아나지 않았다. 우리가 녀석을 쓰다듬을 수도 있었고, 그러자면 불만으로 우는 소리 같은 것을 냈고 고개를 숙였다. 하지만 녀석은 자신의 둥지를 떠나지 않았다.

대략 삼 주가 지나자, 제 부리로 알들을 건드리며 살피느라 빠작빠작거렸다. 첫 병아리들이 모습을 보이기 시작했다. 연약하고 벌거숭이에 아름답지 못한... 그러다 보면 그것들은 재빨리 노란 솜털을 두른다. 할머니는 나에게 곱게 빻은 삶은 달걀을 먹이라고 일렀다. 병아리들은 삐악거렸다. 자신들의 가는 다리를 지니고 갈지자로 비틀거리면서 뭘 해야 할지 몰랐다. 그래서 먹음직스러운 부스러기들 근처를 집게손가락으로 톡톡톡 두드려야만 했다. 그러자면 그들도 자신들의 작은 부리를 치기 시작했다. 쪼아먹기 시작했다!

벌써 바구니 밖으로 나와서, 막대한 냄비 (러시아에서

는 '네덜란드' 식 냄비와는 달리 운두가 좁고 높다)가 이 목을 끄는 통나무집 부엌 바닥 도처를 헤집고 다니는 녀석들을 보라. 냄비 손잡이는 두 사람이 잡을 수 있도록 돌출한, 거의 이 미터 높이의 입방체에 가까웠다. 그리고 당시 오십 년대, 할아버지는 하루는 술을 드셨고, 넘어져 다치셨던 날부터 주무셨다. 할 수 있는 것이 아무 것도 없었다. 그것이 노년이었다! 그리고 결국 방 안에서 침대 신세를 지셨다.

저녁이 되면, 병아리들은 단지 작은 머리들만 삐져나오도록, 그들의 어머니의 깃털 아래에서 웅크렸다. 그래서 그들의 삐악거리기는 사뭇 달라졌다. 소리가 더 드물어졌고 듣기 좋게 가라앉았다. 가까이 다가가서 보면 눈동자를 덮기 시작했던 하얀 삼이 보였다. 그것이 감기는 유일한 눈꺼풀이었다.

아, 그들이 얼마나 행복했던가! 나는 그 녀석들이 부러웠다. 나는 정말이지 그들의 자리에 있고 싶었었다... 요컨대, 그들을 보는 것만으로도 위안이 되었고, 마치 녀석들의 안락함이 조금은 '거의' 나에게 주어진 것과 같았다.

그런 뒤에, 나는 헝겊 조각으로 누빈 나의 이불 속으로 숨으러 갔다. 빨리 잠들 수 있게끔! 마을에서 보낸 젊은 시절의 아득한 웃음들에서 멀어져 간다. 하모니카에서, 황혼녘에서, 할아버지의 코고는 소리에서, 틀림없이 어딘가에 이미 누웠을 죽음과, 빗장을 쳤음에도 불구하고 어쩌면 집 안으로 스며들려고 애썼던 스스로의 소멸에서...

여러 해가 지난 뒤에, 복음서의 한 에피소드가 나에게 굉장히 친근하게 느껴졌었다. 예수님께서 예루살렘의 운명에 한탄했을 때 "내가 얼마나 너희들을 나의 날개 아래 모으고자 했던가? 하지만 너희들은 원치 않았도다!..." 나, 나는 그것을 원한다. 그것도 아주 강렬히 원한다. 하지만 머리 둘레에 후광을 친 암탉은 어디에 있나?...

지금, 혹시 여기에 있을까? 점점 더 무거워지는 나의 플라스틱 아래에... 침낭과 나 자신의 호흡의 열기 아래에... 바로 지금, 나는 병아리이다... 보이지 않는 하늘의 보호 아래에 있는!

완전한 평화와 영혼의 청명함.

휴식.

발자국 소리를 들으면서 순간 잠을 깼다.

한 남자가 나에게 다가왔고 나의 플라스틱을 더듬기 시작했다. 분명히 비닐 테두리를 찾아서 이상한 꾸러미를 해체하려는 것이다.

"어허, 참나!"

움직이면서 내가 말했다.

남자가 소리를 지르면서 뒤로 물러났다. 나는 플라스틱에서 머리를 내밀어 헬멧을 쓴 놀란 얼굴을 보았다. 인부가 공사장에 일을 하러 왔다. 그는 놀라서 외쳤다!

"에구! 플라스틱 보다 더 나은 게 있네그려!"

나는 웃었고 그를 진정시키려고 애썼다.

"괜찮소. 늦장 부리는 걸, 좀 지체했수다!"

안녕, 숙소여, 훌륭한 거처를 줘서 고마워.

손을 내 호주머니 속으로 밀어넣으면서, 나는 작은 사각형 종이를 느꼈다. 그리고 지금 그것을 펼쳐보았다. 이백 프랑! 이것은 적선이었다! 오늘날 (1997년)에도 이것은 상당한 금액이다. 하물며 1988년도 2월이었으니 얼마나 큰 돈인가.

나에게 이것을 준 사람은 아이 둘을 데리고 있던 여자였다. 그리고 나는 그 사람의 이름도 모른다... 아, 이 얼마나 난처한 일인가!

유명한 몽테스키에외 (Montesquieu)의 옆모습이 지폐에 나타난다. 아름다운 매부리코를 가지고. 그의 *페르시아인의 편지* 는 거의 스탈린이 죽자마자 곧바로 러시아에서 재판되었다. *법의 정신* 과 같은 경우에는 기다려야 되

었다. 요컨대, 내가 철학과 학생이었던 시절(1962~69
)에, 나는 이 작가에 대해서 그다지 큰 관심을 갖지 못
했다... 그리고 우리 나라에서는 지폐에 다른 얼굴, 레닌
의... 것과 같은 것을 인쇄했었다.

상황이 완전히 바뀌었다. 이것으로 빵을 얼마나 살 수
있는가, 하느님. 혹은 아니면 통조림들을. 나의 하느님,
그리고 치즈도!...

*

음식물은 거의 도취되는 감정을 불러일으킨다. 그리고
낯설음은 이런 영혼의 부웅 떠다니는 듯함. 오히려 마음
에 드는.

15구는 오늘따라 평소와 다른 분위기를 풍긴다. 거리
는 살림살이 재활용품들로 혼잡했다. 냉장고, 장롱, 부서
진 식탁. 텔레비전들(딱 어울리는 장소에 와있네!). 양
탄자 두루마리들과 남은 조각들, 아직 쓸만한 의자들, 불
탄 창틀들, 신문들, 잡지들, 오래된 전등들. 신문과 잡지
가 담긴 상자들.

오늘은 '잡동사니를 치우는 대청소 날'이다!

르쿠르브 길이 완전히 길들었다. 곰팡이가 슨 신발들, 자전거들, 장난감들... 흠, 더 이상 그것에 견줄 만한 것이 없다...

사람들이 고물들 속을 파헤친다. 어떤 사람들은 우연한 호기심에 이끌렸다. 그들은 평온하게 보도를 걷다가 갑자기 무언가에 주목한다. 예쁜 판자, 쿠션, 고전 문학 작품을 통해서 알게 된 것처럼 언제든지 도정에 쓸 수 있는 가는 밧줄.

신문 꾸러미들.

파리 시내를 헤매고 찾아다니는 전문가들도 있다. 그들은 골동품 상인들과 벼룩 시장들 사이에 다리를 놓는다. 그들의 옷차림은 아마도 그렇게 해서 생겨난다. 선글라스를 쓰고 챙 달린 모자, 장갑을 끼고 몸에 꼭 맞는 털옷을 입은 이 여자를 보는 것이 한 두번이 아니다. 파리 본토박이 여인네. 그녀는 커다란 가방을 매고 있다. 그리고 물건들을 열고 자르고 그녀 쪽으로 끌어당길 작은 갈고리, 허리띠에 매단 칼.

정말 흥미롭다. 자, 여기, 오십 년대 스타일로 그리고 분홍색 스위치가 달린 천으로 된 전등갓을 씌운 램프가 있다. 그것은 현재 모노프리 슈퍼마켓 맞은편, 작은 아파트 안의 침대 머리맡을 쉽게 연상시킨다. 그리고 어느 날의 저녁을...

나의 상상은 나를 소설 속 어딘가로 이끌길 원한다. 하지만 나는 그렇게 되도록 내버려 두지 않을 것이다. 그것은 마약이니까.

신문들, 잡지 묶음들. 크고 무거운 휘보인 『예술의 앎』. 버스나 자동차들이 굴러다니는 동안, 그리고 보행자들이 간격을 좁혀 줄지어 걸을 동안 그것은 쇼파에 앉아서 페이지를 넘겨보기에 좋다. 휘보는 아첨꾼의 명목을 가졌다.

「뤼카 사도가 성모 마리아의 초상을 그리다」의 작품으로의 귀착과 관련된 사설란을 우연히 발견했다. 어떤 전문가들은 그것의 작가가 로히어르 판데르 베이던(Rogier Van der Weyden)일 것으로 추정한다. XX세기 말의 도시 폐물들 가운데서 XV세기의 생각에 잠긴 평온한 얼굴을 본다. 그리고 창문 너머 배경에 깔린 이 상상의 경치. 이 그림은 청명한 세상의 창이다.

나는 휘보의 이 몇몇 페이지들을 간직할 것이다.

그리고 보라... 또 쓰레기로 남은 다양한 인쇄물들. 그것들은 버려도 된다.

*

집들이 점점 더 드물고, 작은 제르베르 공원이 언뜻 보인다. 조금 더 멀리, 르쿠르브 길을 계속 걷다 보면 아랍 상점이 하나 있다. 과일들과 야채들. 만약에 문이 닫힌 뒤에 그 앞을 지나간다면… 그런데, 그게 몇 시였지? 여덟 시?… 예전에 고리바구니 더미 옆에 깨끗한 판지가 있었다. 회교도 상인들은 약간 상처나고 짓눌린 과일들, 아직 먹을 만한 여분들을 가난한 이들을 위해서 남겨 두었다.

오늘, 판지가 거기에 있다. 그것은 온전하고 묵직하다. 온전하다… 잠깐… 사과들과 오렌지들이!

나는 이 과일들을 두 손에 담게 되어 행복하다. 마치 월척을 낚은 낚시꾼처럼. 나와 친분이 있고 이 동네에서 일하시는 신부님이 행인들 사이에 낯익은 얼굴로 나타났다. 어쩌면 썩 시기적절한 때에 마주친 것은 아니지만 다른 방도가 없다.

"안녕하세요!"

내가 말했다. 하지만 그에게 손을 내밀 수가 없다. 과일들을 쥐고 있느라, 그리고 나는 그것들을 내려놓을 시간도 없었다.

"안녕하세요! 어떻게 지냈어요? 괜찮아요?"

그걸 말이라고! 이와 같은 횡재를 했는데!

"감사합니다. 뵙게 되어 기쁩니다. 제가 오래전부터 당신에게 물어보고 싶은 게 있었는데, 혹시 그리스..."

"죄송해요! 제 버스가 오네요! 저 갑니다!"

정말로 그는 버스 정류장을 향해서 뛴다. 버스가 도착하는 중이다.

신부님의 뒤를 이어, 내것과 똑같은 금속 뼈대와 발이 달린 배낭을 맨, 키가 큰 낯선 사람이 나타났다. 이 가방의 모델은 어쩌면 더러운 땅바닥에 곧바로 내려놓을 수 있다. 그것은 프랑스에서는 더 이상 만들지 않고 독일이나 스위스로 사러 가야 한다.

타인은 어쩌면 내 가방에 시선이 끌렸다. 발이 달린 완전히 똑같은 것!

자신들의 동물들을 산책시키는 모든 개 주인들이 거의 피할 수 없는 인사를 서로 나누 듯이, 비슷한 가방을 가진 가방 주인들도 마찬가지이다.

"안녕하세요! 이 근처에 사세요?"

"네, 안녕하세요. 당신은요?"

가늘고 창백한 얼굴. 겨우 알아들을 수 있는 억양.

그는 난처했다.

"제가 당신을 저희 집에 초대해도 될까요?... 당신을 전혀 모르지만, 조용한 스타일이세요?... 어디 가시는 길은 아닌지?..."

그는 자신이 폴란드 사람이고 이름이 야체크임을 밝혔다. 옛 폴란드 사람, 그는 로마 성지 순례를 하기 위해서 80년대 초반에 폴란드를 떠났다. 그런 다음에, 프랑스에 도착하도록 순리가 풀렸다. 그는 생클루에 살았다. 더 정확히 말하자면, 아래, 센 강변에.

"제가 티켓을 한 장 드려도 될까요?"

지하철로 가는 긴 여정.

그런 뒤에 걸어서 다리를 건넜다. 거기에서 루앙으로 가는 고속도로가 시작된다. 그러나 우리는 강둑을 향해서 우회했다.

"이제야 우리가 집에 도착했네요!"

큰 거룻배. 우리는 거기에 들어가기 위해서 나무판자 위를 걷는다.

이 거룻배는 예전에 불에 탄적이 있었고, 완전히 녹슨 철제 뼈대만 남았다.

마찬가지로 녹슨 거대한 쇠사슬이 정박용 말뚝에 묶여 있었다.

야체크는 선장의 선실을 점차 개조했다. 당연히 유리창은 없었고, 창문들은 안전 유리, 플라스틱, 합판 조각들로 막아 놓았다. 소파, 좌석, 침대 머리맡 탁자와 같은 가구들은 낡은 신문 묶음들로 제작했다.

신문지들 수십만 개로.

그리스어로, 신문이 일력이라 불리고 기재된 것은 흥미롭다.

전반적으로 그는 잘 살고 있었다. 그는 경마노름을 했다. 가끔은 이길 때도 있었다. 그는 길에서 물건들을 주웠고, 그것들을 벼룩시장에다 내다 팔았다. 힘들여 찾아낸 책들이 꽂힌 책장도 일궈 놓았다. 탐정 소설을 많이 읽었고, 대체로 모험담들을 좋아했다.

우리의 식사는 풍성했다. 사과들, 오렌지들, 빵.

그리고 아침에 산 신선한 치즈 한 조각.

더할 나위 없이 케이크도 있었다. 따뜻해서 좋아도 너무 좋았다. 익히는 것은 복잡했다. 야체크는 거룻배 밑바닥으로 내려간다. 거기에 화로와 부엌을 설치해 놓았고 붙지 않는 불을 붙이려고 애를 썼다... 나는 그가 좀 딱했다. 우리는 항상 누군가가 무엇을 헛되이 애쓰는 것을 보면 안타까움을 느낀다.

"야체크, 그냥 놔 둬, 차가운 것도 맛있어!"라고 내가 소리를 질렀다.

"...오오오오 오오오오 오오오오!"

우레 같은 목소리의 거룻배가 대답했다. 야체크는 자신의 시도를 깨끗이 포기하고, 확연히 안심한 모습으로 삐걱거리고 녹슨 사다리를 통해 선장 선실로 올라왔다. 언젠가 그것은 끊어질 것이다.

나는 케이크를 맛보았다. 그리고 멈추었다. 무언가가 이상했다! 나의 혀와 나의 입천장이 불안해 했다. 그리고 나의 사양으로 이 집 주인을 불쾌히 할까 걱정이 되어 어찌해야 할 바를 몰랐다. 결국, 나는 거룻배의 기다란 가두리를 따라 걸으면서 물 속으로 조각을 떨어뜨렸다.

우리는 촛불들을 밝혀 저녁 식사를 했다. 야체크는 새로운 사건들을 말했다. 전날, 강둑으로 올라오다가 발을 헛디뎠고 그가 물에 빠졌었다! 첫 순간은 마음에 들었다고 한다. 몸이 갑자기 자신의 무게를 잃었다. 하지만 그러고 나서 머리도 물로 완전히 뒤덮혔다. 그는 수면 위로 다시 떠올랐고, 강둑의 콩크리트로 된 암벽 속에 끼워 넣은 계단까지 칠팔 미터를 헤엄쳐야 했다. 물에 흠뻑 젖은 옷들이 너무 무거워 다시 기어오르는데 고생을 했다.

야체크는 우리의 처지가 서로 닮아서 새삼스레 놀랐다. 무엇과? 무로? 아무것도 알 수 없다. 전생? 이 또한 특별히 쉬운 문제는 아니다. 모든 것의 마지막이? 어쩌면 가장 정확한 답일지도, 당연히, 그럼에도 불구하고, 약간은 짧게…

그리고 그런 이후에, 하루 종일 그는 폴란드로 되돌아가고 싶은 감정을 느꼈다.

하지만 지금은 괜찮다. 더군다나 그는 그곳으로 돌아 갈 수가 없다. 폴란드로 입국을 한다면 경찰에 곧바로 체포가 될 것이다. 녹슨 쇠로 된 아치형 속에 미지근한 신문지들 위에 평화로운 졸음. 물살과 바람이 들이치는 아래, 거룻배가 이따금씩 메아리쳤다.

9

1990년도 여름동안 무사태평한 나의 인생이 형태를 가득히 잡아간다고 느꼈었다. 모든 사회 계층이 다 그렇듯 변함없고 성공적인 습성의 시기가 왔었다.

그렇다 하더라도 나는 엄청난 일을 격고야 말았다.

팔월 달에 나는 몽마르트르를 올랐다. 언덕 뒤쪽, 묘지 옆으로. 잠시 동안 나는 작은 서점의 진열대 속에서 뜻밖에 『신의 도둑들』이라는 책의 제목에 이끌렸었다.

예를 들어 '훔치지 말라' 는 계율이 있듯이, 나는 이와 같은 제목의 정당성에 대해서도 생각하기 시작했다. 또 다른 한 편으로는 모든 것이 가능하다. 묵시록에서 하느님은 다음과 같이 말씀하셨다. "나는 도둑처럼 찾아 온다"

그러나 나는 이미 사크레쾨르(Sacré Coeur) 대성당 어귀에 와 있었다.

교회는 우리가 잘 알다시피 그다지 오래되진 않았지만

성녀 소피아 (Sainte Sophie) 의 둥근 천장을 상기시키는 비잔틴 양식을 차용한 것이 그래도 흥미롭다. 서양은 항상 콘스탄티노플 (Constantinople) 교회를 부러워했었다. 진심으로 찬미하면서 그리고 이와 같이 모방 밖에는 할 수 없었던 것을 자신의 집에 갖고 싶었었다. 그래서 그것은 거의 복제품이다.

더군다나 여기에서는 파리가 멀리 내다보이는 전망이 있다!... 그것은 조금 우수에 잠긴다, 특히 가을이면.

집들과 지붕들의 산적. 그리고 무수한 운명들! 그것은 마치 우리가 알지 못하는 내일 앞에서 우리 모두가 입을 다물었던 것과 같다. 우리 인생의 신비 앞에서. 그것이 왜 시작되었고 어디에서 끝이 날 것인가.

습하고 쓸쓸한 계절인 가을이다. 위로의 계절, 정말 그렇지 않나?

노트르담 (Notre Dame) , 생 웨스타슈 (Saint Eustache) 의 거대한 선박이 미동의 바닷속에서 항해한다.

그때는 굉장히 건조한 1990년도 팔월 달이었다. 들어가면서 나는 내 가방을 벽에다 기대어 놓았다. 요즘은 '명상' 이라고 말하듯이, 기도용 벤치들 중에 하나에 앉으러 갔다.

이곳에서 우리는 '사크레쾨르의 숭배자들'이라는 말로
도 통하는 '연속 기도'를 한다. 시간대에 따라서 사람들
은 밤낮으로 정해진 본에 따라서 기도를 하러 온다. 요컨
대 밤에는 대성당이 문을 닫는다. 그리고 기도를 신청한
사람들은 내부에 남는다. 연속이 보장되도록 각자가 밤새
움의 시간을 미리 정한다. 그리고 다른 사람들은 작은 골
방에서 잠을 잔다. 저녁 열 시부터 아침 여섯 시까지 열
다섯 명쯤 되는 사람들이 남아 있다.

1984년도에 나는 이곳에서 밤을 지냈다. 불이 켜진 양
초들, 정적, 기둥의 높은 부분들이 사라지는 가운데 우리
의 머리 위로 매달린 어둠 더미를 뒤이어 기억한다는 것
은 감미롭다.

사람들의 부동의 실루엣들, 도달할 수 없는 것에 가까
워지려고 애쓰는 영혼들의 침묵의 노력들, 이런 관점에
서 보면 마음이 조여온다.

오후 세 시경이었다. 나는 서두르지 않고 출구를 향했
다. 게다가 팔월달의 관광객들로 붐비는 인파 속에서 서
두르기란 어려웠다.

나의 가방은 더 이상 제자리에 있지 않았다.

이미 이전에도 이런 일이 있었지만, 나는 그것을 백 발

자국이나 그보다 훨씬 더 먼 곳으로 위치가 바뀌었고 걸쳐졌거나 바깥에 버려진 것으로 항상 다시 찾을 수 있었다. 하루는 지나가는 사람의 손에 쥐어진 것을 되찾을 때도 있었다. 이 가방은 나의 집이었고 나의 식당이었으며 나의 사무실이었고 사라질 수 없는 것이었다. 그리고 내게 익숙한 것이었다.

온전히 평온하게 대성당을 한 바퀴 돌았다. 나는 미사 봉사자들에게 이렇게 물었다. "혹시 배낭을 하나 안 치우셨어요?... 아니라구요..." 어쩌면 그것을 바깥에 내놓았을 지도 모른다. 그리고 나는 덤불들 속을, 지하 예배당 안을, 데모(주거 환경 계선을 요구하는) 참가자들의 천막 뒤를 뒤지기 시작했다. 그런 다음에 탐색 구역을 심각하게 넓혔다. 험... 이건 무얼 뜻하는 건가?...

이웃한 골목길들, 작은 안뜰들, 잠기지 않은 대문들, 자동차들 아래... 나는 경찰서로 들어갔다. "혹시 못 보셨어요? 가지고 온 사람이 아무도 없었어요?..." 경찰들은 고개를 가로저었고 동정했다. "네, 네, 그런 일이 일어나지요. 근데 어디에다 두셨어요? 그런 몹쓸 짓을 저지르다니!..."

네 시간 동안 찾아 헤맸으나 아무런 결과가 없었다.

영원히 사라졌다는 생각을 받아 들여야 되었다.

바로 그때 내가 갑자기 힘을 얻었다.

내 옷들을 잃어버린 것은 괴롭지 않았다. 침낭도, 육 평방미터짜리 초판 모델 플라스틱 자리도 마찬가지, 그것은 영 편하지도 않았다. 통조림 캔들도, 올리브 기름병도.

하지만 나는 몇 권의 책들과 논술서들, 그리고 특히 나의 메모장과 성경책을 가지고 있었다. 그리고 그것은 평범한 성경책이 아니었다. 이미 팔 년째 읽고 있는 견본이었고 학습했고 보증서에 칠보가 입혔고 주석들, 교회의 의사들과 많은 해설자들의 설명, 히브리어와 그리스어로 핵심어들이 번역되었다. 중세 시대였다면 이와 같은 성경책을 『주해』라 불렀을 것이다. 하지만 이 주석을 편집한 장본인은 나였고, 나는 그것의 마지막 점 하나까지도 훤히 꿰차고 있었다. 자료의 이해는 작문을 그 속에 넣도록 나 자신을 부추긴, 그와 같은 지점에 도달하게 했다. 신이시여 감사합니다. 나의 서류들은 무사했다. 아침에 왠지 나도 모르게 그것을 바지 호주머니 속에 넣어 두었다.

하지만 낙담은 사라지지 않았다.

와이셔츠 하나, 바지, 신발 한 켤레가 내가 가진 전부이다.

그것은 아무것도 아니다.

나의 괴로움은 다른 곳에 있었다.

밤을 보내기 위해서 뱅센 숲으로 향했다. 이곳이 당시 내가 기본 거처지로 삼았던 곳이었다. 왜냐하면 나의 딸 마리가 가까이, 세인트 모리스 병원에 있었기 때문이다. 그리고 나는 매일 그녀를 보러 갔었다.

수많은 해를 거친 작품을 잃어버렸었던가?...

그리고 만약에 그렇다면 이 모든 것은 무엇을 의미할까?

고행자에게 그와 같은 사건은 껍질 벗기라 이름할 수 있다. 신은 벌거벗은 인간이 필요했다. 사회 속에서 성공이 없고, 그 어떠한 것의 소유가 없고, 문학적 재산 또한 없는. 애착을 갖지 않는. 건강과 인생까지도 포함한 모든 상실감만을 유일하게 말하는 신비주의는 존재하지 않는다는 것, 이것이 신의 특별한 온정의 표시이다. 그에게 다가서기를 바라는 징조...

할 말이 없었다. 온 종일 너무나 많은 상징들이 있었다... 그리고 잠깐만... 혹시 아침에 기별이 있었던가? 『신의 도둑들』을 누가 나에게 말했지?... 아 그래, 진열장 속 책표지에 있었지!

그리고 몽마르트르에, '순교자들의 산'에 오르기. 혹시 상황이 제 막바지에 이르렀다면, 혹시 오늘의 이 오름이 단지 교회가 아닌 심성 (쾨르 사크레) 으로, 바로 그리스도의 성심 (사크레 – 쾨르) 으로 나를 이끌었다면?... 외설들과 우리가 끌어모은 모든 것을 안고 그곳으로 스며드는 것은 분명하지 않던가?

아직 설득력 없었던 사건의 의미는 그럼에도 불구하고 이미 한 숨을 돌릴 수 있게 했고, 이 재난의 부조리를 드러나게 하기 시작했다. 그리고 부조리 만큼 우리를 더욱 놀라게 하는 일이 또 어디에 있을까? 아직 다 끝나지 않았다. 정반대로, 좋았다! 충격으로 인해 나에게 일어난 일은 어쩌면 종교적인 글을 연구하는 것보다 더 크고 더 소중했다.

그리고 불현듯, 나는 급격한 고통으로 또 다시 관통당했다. 잃어버렸던 것은 여러해에 걸친 작업이 아니었다! 그것은 사라진 식물이었고 내가 사건들과 외로움들로부터 피난처로 삼을 수 있었던 곁에 둔 신기한 나무와 같은 것이었다...

밤은 점점 더 서늘해졌지만 이날 저녁은 어디에도 버려진 스웨터나 좀먹은 외투 하나가 없었다. 그래도 역시 숲 둘레에 위치한 자동차 직매점 근처에서 오도바이를 담았던 거대한 판지가 하나 있었다. 오늘을 위한 나의 집, 나의 가족.

잔디 위로 판지를 펼치면서 그것이 조금 짧다고 생각했다. 하지만 다리를 다시 접고 널판자를 닫으면서 얼츰 될 것도 같았다. 그리고 소음을 내고 전속력으로 달리고 싶었던 팔린 오도바이의 소유권을 물려받는다는, 당연히 환상적인 생각은 재미있게 느껴졌다.

아침에 추위가 상자 속으로 파고 들었다. 잠이 졸음으로 바뀌었다.

물건을 잃어버린 나의 고통은 가라앉지 않았다. 이런 경우에는 긍정적인 것을 부풀려야 한다. 나의 신분증들은 여전히 여기에 있지! 그리고 결국 내가 읽었던 것은 내 기억에서 완전히 사라지지 않았어!

다른 사람들에게 일어난 안 좋은 일들을 과장하는 것 또한 도움이 된다. 족히 천 번은 더 최악인 잃어버림과 사라짐이 있었어! 걸작, 마을들과 사람들은 흔적도 남지 않고 사라진 적도 있었지!

이상하게 들릴진 모르겠지만, 전 문명의 소멸 또한 나의 기록들이 사라진 것 보다 더 심각하지 않았다. 내가 너무나 좋아했던 유약을 입힌 예쁜 십자가도 있었고 브르타뉴에서 받은 선물도...

이상한 소리들이 나의 슬픈 무의식을 건너갔다. 멀리서 들려오는 긴 아우성, 그리고 사람의 것을 떠올리게 하는 부르짖음... 사자와 공작이었다! 동물들이 뱅센 동물원 속에서 아우성이었다.

가벼운 실바람이 불어왔다. 나무 꼭대기들에서 기분 좋은 바스락거리는 소리로 답신을 보내왔다. 그것은 바닷소리와 비슷했다. 내가 여기에서 늘 듣는, 멀리 선율 고운 종소리, 그것은 불교의 법당에 매달린 유리관이다. 우는 것은 여기에도 하나가 더 있네.

밤이 슬픔을 사그라뜨렸다.

장미들이 수풀 오솔길에서 자라는 것이 아무렇지도 않다는 듯이 꽃을 피웠다. 말을 탄 경관들이 지나간다. 그들의 초소가 가까이에 있다. 멀리서 생트샤펠 성당 지붕의 푸르죽죽한 경사면. 소탑의 하얀 탑. 그것은 뱅센 고성이다.

더 멀리 파리가 있다. 지평선은 현대식 건물들로 둘레를 채웠다. 이 또한 지나갈 것이다. 그리고 나, 나도 지나갈 것이고 당신도 마찬가지이다. 오, 하느님, 우리 모두는 언젠가 어딘가로 사라질 것입니다! 그리고 우리의 재난들과 우리의 고통들은 우스꽝스러운 것들이지요.

숲을 가로지르는 국도는 점점 더 생기를 뛰기 시작했다. 파리로 일하러 가기 위해서 서두르고 전속력으로 달리는 자동차들을 조심하면서 길을 건너야만 한다.

그리고 일을 하려고 파리에서 오는 사람들이 있다. 여기에 한 사람이 있고, 조금 더 멀리 또 한 사람... 그리고 더 멀리, 나무줄기 사이에서 알루미늄을 붙인 차창으로 역시 하얀 소형 버스가 반짝인다. 젊은 여자가 운전대를 잡았다. 적어도 내게는 그렇게 보였다. 그러나 몇 해를 지내면서 나의 시력은 점점 더 나빠졌다. 어찌 되었건 그녀는 힘차다. 우리가 그녀를 눈치채지 못할 만큼 가로숏길 좁은 골목에서 후진을 솜씨 좋게 한다. 하지만 또, 너무 눈에 안 띄지는 않도록 덤불들 속에서는 평범하게...

*

"아실런지, 사람들이 자주 옷을 가져다 줍니다."

아멜리에 수녀님이 말했다.

"그리고 혹시라도 필요하시면... 제가 준비를 해 드릴께요, 괜찮지요? 식사하고 본관에 들러서 당신에게 가져다 드리겠습니다. 따님에게 가 계실 거죠. 안 그래요?"

세인트 모리스 병원은 한쪽 면이 숲과 인접했다. 아멜

리에 수녀님은 이탈리아 사람이고「빈민들의 작은 수녀님들」수도회의 소속이다. 항상 웃음을 띠고 조심성과 혈기가 넘친다. 장애 아동들은 그녀가 오는 것에 굉장히 예민하다. 무언가가 일어날 것이고 모든 것이 다 바뀔 것이야! 항상 앉아있거나 누워있는, 움직임이 없는 이상한 이 존재의 기묘함, 인생의 삼분에 일 혹은 사분에 일이 이해될 것이다. 인생이 아멜리에 수녀님 자신처럼 즐거워질 것이다!

그와 같은 삶의 재능은 천성임이 틀림없다.

"아멜리에 수녀님, 어쩌다가 종교인이 되셨어요?(러시아에서 종교인은 절대로 속세에서 살지 않기에, 러시아어로 이런 단어는 존재하지 않는다)

그래서 하루는, 아무것도 가진 것이 없는 이맛살을 찌푸린 환자를 도우러 왔어야 했다. 그리고 미소가 그의 얼굴에 나타났다. 이 미소를 보는 것이 너무나 기분이 좋았다! 너무나 감동적이었다! 사명감이란 바로 이런 것이다. 보라, 인생의 목적을! 가난에 한 걸음 더 다가서고 조금 더 부드럽게 숨쉬게 해 주는 것을.

"나 런던에 가!"라고 완전히 흥분해서 나의 딸 마리가 말했다. 갑자기 무슨 여행! 그리고 엄마, 아빠, 햇살 좋은 어느 날의 아침의... 그리 멀지 않은 예전처럼, 만에 하나 모든 것이 잘 해결된다면 어쩌면 상황이 바뀔 수도 있다.

"리신다!"

마리는 이 기쁜 소식을 퍼트리기에 급급했고, 그녀의 목소리는 비밀스러운 환희가 꿰뚫리도록 내버려두었다.

"무슨 일이야, 마리?"

"아빠 알아, 내가 런던에 가!"

우리는 오랫동안 산책을 했다. 병원 안뜰을 벗어나도 되는 외출허가도 받았고, 나의 딸은 평소처럼 산책이 끝난 뒤에 우리가 영영 어딘가에 있는 '집으로' 갈 것이라 희망했다. 어이구, 허나 아니다.

아멜리아 수녀님도 루르드로 간다. 이보다 더, 아프리카로 곧 떠나는 것이 허용된 것을 그녀는 이미 알고 있다! 자이르로! 그녀는 여러 해 동안 이 허가를 기다려 왔다. 가난과 궁핍이 지배한 곳은 바로 거기이다!...

*

"... 잘 있거라, 사랑하는 내 딸아! 잘 자거라, 내일 보자.”

그리고 갑자기, 나는 그녀에게 느닷없이 질문을 한다.

“마리, 내 가방 어디에 있어?”

그녀는 몇 초간 생각한다. 혹은 단지 침묵을 지키거나. 그리곤 내 눈을 똑바로 바라보며 발음한다.

“파수꾼 한테 있잖아.”

마리가 그렇게 드문 단어를 알고 있다는 것이 이미 놀라웠던 만큼 이해가 썩 잘되지 않았다. 그녀의 어휘는 다 합해서 어쩌면 200자를 넘지 않았고, 거기에 이 ‘파수꾼’이라니! 내 가방이 손에서 손으로 넘어다닌단 말인가? 무명의 사자가 어딘가로 가져갔나?

“내일 올 거야?”

잠시라도 만나는 시간을 늘리고 안심과 귀여움을 받고 싶어서 여러 차례를 묻는다. 그녀에게는 그리고 어쩌면 모든 장애인들에게는 가까운 사람과의 만남과 강한 접촉을 준비하는 것이 굉장히 중요하다. 그리고 그만큼 헤어짐 또한 중요하다. 여기에서 서두르면 절대로 안 된다. 어떠한 경우에서도 기차를 타거나 일하러 가려고 재촉해서는 안 된다. 장애인은 우리의 다급함과 의무에 관한 경험을 지니지 않았다. 단어들을 이해한다 하더라도 그것에는 알맹이가 없다. 단절과 상처처럼, 버려짐과 같은 빠른 떠나감을 실감한다. 가끔씩 혹시라도 우리가 급히 떠나야 할 바에는 차라리 오지 않는 편이 훨씬 낫다. 만남의 크나큰 기쁨은 헤어짐의 커다란 고통을 수반한다. 만약에 우리가 장애인이나 환자나 감금된 사람을 자기와 함께 데려가지 못한다면, 당신을 붙잡는 것으로 피곤해지고 스스로 포기할 때까지 반드시 천천히, 천천히 떠나야 한다.

고분하지 않는 그녀의 손이 느슨해 질 때까지 시간을 줘야 한다.

"꼭 다시 올께. 우리 같이 기도하자 '하늘에 계신 우리 아버지'..."

마리는 이 첫 세 단어를 잘 외우고 있다!

'파수꾼 한테'를 강렬하게 생각했다. 병원의 울타리를 빠져나오면서 그리고 초소에, 혹은 더 정확히 말하자면 창이 달린 관리소 사무실에 앉은 존경할 만한 서인도 사람인 살로몬에게 인사하면서. 그가 하는 일은 출입하는 사람들을 감시하고, 환자의 외출증을 확인하고, 자동차가 지나가도록 바리케이드의 버튼을 누르는 것이다.

"파수꾼 한테"

그리고 나는 거의 펄쩍 뛰었다. 대성당 뒤쪽으로 난 골목길에 공사장 쓰레기들을 실은 작은 트럭이 있었다! 완벽하게 기억이 난다! 내가 살펴보기까지 했었다! 그렇게 주의 깊게까지는 못 봤지만, 그래도! 벽돌들, 석회들, 양동이들과 나무판들! 작은 트럭의 이런 모델을 '파수꾼'이라 부른다!

나는 샤랑통 지하철역으로 뛰었다. 그것이 아직도 거기에 있을까... 이십사 시간도 훨씬 더 지났는데... 이 순간으로부터는 거의 이틀이 되었다. 부스러기들을 실은 트럭이 아직도 있을까? 그리고 어쩌면 내 배낭까지?... 그것을 가져간 사람은 어쩌면 가방 속을 들여다 보았을 것이고, 마음에 드는 것을 골랐을 것이다... 예를 들어 유약이 발린 십자가라든지... 올리브 기름... 침낭... 하지만 우리 시대에 이해할 수 없는 주석 뭉치들이 담긴... 고서들을 필요로 하는 이가 있을까? 나에게 끝없이 소중한 것들은 전부 다 잘도 버려졌네! 그리고 '파수꾼' 속에 있었고.

"안녕하세요!"

지하철 맞은편에서 내가 아는 한 남자가 앉아 있었다. 제럴드. 15구에 사는 사람이 아닌 또 다른 제럴드.

그는 저녁 식사를 하는 중이었다.

평소에 그는 특별히 수다스럽지 않다. 우리는 폭풍우와 소나기가 치던 날 밤, 뱅센느 수풀가에서 알게 되었다.

나는 예전에, 거의 십여 년이 지난 얼마 후에 그의 존재

속에서 근본적인 변화가 일어났다는 것을 알아차렸다. 그것은 진정한 탈바꿈이었다. 그는 자신의 집을 버렸고 자신의 회계사 직업을 그리고 자신의 유산의 몫을 여동생에게 주었다. 이제 그는 길에서 산다. 그리고 밤에는 이탈리 광장에서 멀지 않은 형티에 고성 길에 있는 노숙자 보호시설로 잠을 자러 간다.

그의 주요 활동, 그것은 성경책을 읽는 것이다. 그는 전문가가 되었다. 언젠가 어려운 대목을 설명해 달라고 그에게 부탁했을 때 그것을 확인할 수 있었다. 에콜 드 예루살렘 (École de Jérusalem) 의 주석에도 불구하고... 책 속에는 아직도 이런 것이 있다는...

"들어 봐. 내가 오늘 길을 가다가 말이야, 나란한 이 길. 그 공사장 있는 곳, 거기 알지? 아직 쓸만한 배낭이 하나 있더라고. 너한테 어쩌면 필요할 것 같은데?..."

"고마워."

"안녕."

제럴드는 등에 자신의 가방을 메고 간다.

당연히, 왜 한번 안 들여다 보겠나. 나는 이미 그 배낭을 넌지시 바라본다. 그리고 그것은 내 마음에 들지 않는다. 강한 빨강색이다! 그것은 마치 어깨에 불을 짊어지는 것과 같다. 점잖고 바다 푸른색에 수수한 나의 오래 된

가방 다음으로는 좀. 모델이 거의 동일한 것은 사실이다.

아니, 이런 가방은 내게 걸맞지 않다. 만일을 대비하여 요컨대 그것을 숨겨두고 싶었고 생울타리 속 구멍으로 밀어넣다가 그것을 뒤집고 말았다. 금속성 소리가 울렸다.

동전 한 닢이 아스팔트 위에 놓였다.

그것을 집어 들었다. 그것은 동전이 아니었고 은으로 된 메달이었다! 메달에는 로마 성 베드로 대성당의 십자가와 문구가 나타났다. *Ave crux spes unica* (십자가의 안부, 유일한 소망). 날짜가 1933년으로 각인되어 있었다.

가방 속에는 다른 아무것도 들어 있지 않았다.

그것에 대한 나의 태도는 변했다. XX세기 숙명적인 시절이었다. 1900살이 되는 구원의 기념일. 그리고 같은 해에 독일은 파멸로 미끄러졌다. 누군가가 이 순례지의 메달을 가지고 왔었다. 그리고 어려운 상황에 처한 나의 손 안에 떨어졌다. 보답과 같은? 용기를 북돋아 주기 위한?

서둘러서는 안 된다. *삶의 방식* 은 스스로를 회복하면서 소멸한다. 여기에 새 배낭이 있다. 이것이 그토록 강렬한 빨강색인 것은 문제될 게 없고 훔치기는 더 어려울 것이다. 너무 눈에 띄인다. 빈민들의 작은 수녀님, 아멜리아 님은 스웨터와 와이셔츠를 나에게 가져다주셨다. 그리고 오도바이가 들어 있었던 멋진 상자가 있다... 하지만 트럭은 어디로 갔을까? 사라졌다. 도로 청소부가 어쩌면 알아보았을 것이다.

껍질을 보랏빛으로 끌어낸 거대한 소나무들 아래, 긴 묘지를 따라 걷는다. 번잡한 여러갈래 찻길들이 여기에서 만나고 널찍한 터가 주차장으로 쓰인다. 나는 하얀 마을버스를 다시 본다. 그것은 나무들에 바싹 붙었고 유리창들이 칠해졌다... 서...너 명의 사람들이 나무 밑에서 서두른다. 그들은 같은 것을 기다림에도 불구하고 함께 하지 않고, 서로 대화를 나누지 않는다. 가엾은 인간의 초라한 육신의 노예. 어차피, 결국 그를 도와줄 사람은 누구인가? 보잘것없는 갈릴레오.

*

오늘은 밤이 따스하고, 나는 병원 뒤편 소공원 안에 고전풍 벤치에 앉아 있다. 기분 좋은 졸음이 약간 간소했던 저녁밥을 마저 채워 주었다. 이런 것은 잘 알려진 사실이다. 신선한 빵 한 조각을 예를 들자면, 그것은 두 시간의 숙면과 대등하다.

달리 길에서 잠을 자는 사람의 수면은 옅다. 내 옆을 지나간 사람들의 발소리가 나를 깨웠다. 그리고 멈춰선 발소리의 조용함은 더욱 더 마찬가지.

"여기 사람이 있네."

한 목소리가 들렸다.

"이 사람 완전히 편안하게 자네. 꼭 집처럼, 제 집에 있듯이!"

거의 애원하는 또 다른 목소리가 대답했다.

"아무것도 하지 마, 자크! 저 사람 건드리지 마!"

멀어져 가는 사람들의 발 아래에서 자갈들이 바드득 거리기 시작했다.

하늘과 신에 대한 믿음. 전적으로. 내 힘이 닿는 데까지.

어쩌면 일어났던 사건의 의미가 다시 다가온다. 도둑을 맞은 의미는... 그러모은 물건은 낡았었고, 그것은 실내 공사용 벽돌들이었으며, 수십만과 수십만 명의 사람들의 접촉에 의해 해졌었다. 혹시 문제가 다른 데에 있었나?

즉, 점토와 새로운 돌들, 새로운 재료들을 비교해야만 하는 실상. 주의 깊은 시선과 사랑하는 마음 말고는 아무것도 소유하지 말라. 전부 과거이다. 지금은 전부 새것이다.

천년, 그것 역시 새로운 것이다. 세 번째로 맞이한다.

등을 마분지에 붙이고 잠이 든다. 가슴 위로 팔짱을 끼면, 이렇게 하면 더 따뜻하다.

10

　오늘은, 걷기와 명상에 몰두한 이후에 센 강변 제방에 도착했다. 자유의 여신 상 근처.

　광활한 경치와 회색 구름.

　멀리서 생클루를 타고 오른 강물. 하나는 그곳에서 건립했고, 다른 하나는 거기에서 몰락했던 왕성.

　적어도, 회색의 색조 안에서, 푸른 벌집 구멍과 청명한 하늘 지맥을 여기 저기에 뚫어 놓았다.

　국경처럼, 그리고 꼭 문지방처럼.

　반드시 이르러야 한다. 그때까지는 견뎌 내야 한다. 그리고 그런 다음에는… 깨달음으로 열광적이고 장엄한 세상의 시작이다…

　나는 자벨 역 앞을 지나간다. 아주 오래전에 이곳에는 유명한 살균용 물 공장들이 있었다. 나는 세기 초에 지어진 살뜰한 교회(지난 세기에 대해서 조만간에 더 상세히 기록해야 한다), 성 크리스토프(Saint Christophe) 교회 앞을 지나가는 콩방시용 길로 접어든다. 교회는 굉장히 밝다.

거기에서 쉬면 기분이 좋아진다.

아, 이것을 어떻게 설명해야 하나. 한 남자가 적대감을 품은 표정으로 나를 노려본다. 그리고 그의 옆에는 낙담한 또 다른 두 사람이 있다. 그들은 숯이 되게 타고 매캐한 게시판을 살핀다.

그들 중에 한 명은 십중팔구 주임 신부일 것이다.

누군가가 방화를 저질렀다.

내 머릿속 판단으로는, 내가 '이들 중에 한 명'이라고 쉽게 생각될 것이다. 격노한 말들이 솟구친다.

"누구는 망가뜨리고 파괴할 줄 밖에 모르는 구나!"

한 시선이 나에게 고정된다. 머리에는 전형적인 모자, 등에는 배낭, 군인의 군화(여담으로, 굉장히 튼튼한), 내가 그 무리 중에 한 명이라고 생각한 것은 당연하다!

제 자신의 고통 속에 빠진 이 선량한 사람들을 어떻게 도울 수 있을까?

깨뜨리는 사람들이 지나갔다.

그들은 왜 파괴하고 싶은 욕구를 가진 것일까? 어떻게 해서든지 그런 만행을 없앨 수는 없을까? 그것이 갑자기 일어나는 것을 막을 방법은?

위로하는 대신에, 어쩌면 내가 생 제르맹 지역 교회, 외곽지에 있는 갸니에서 관찰한 경우를 그들에게 이야기할 수 있다.

그것이 납득하기 힘들겠지만 주목할 만한 경우이다.

그들은 이야기를 듣기에는 너무나 화가 나 있다.

내가 자리를 뜨는 것이 어쩌면 더 나을지도 모른다. 다음 번에 말해야지.

더 나중에.

*

일진이 나쁜 날은 아름답고 크고 무겁고 수액과 새싹들로 가득찬 현실의 나뭇가지에 낙엽들과 같다.

하지만 나는 걸작에 맞먹었던 행동들도 보았다!

어쩌면 아주 오랫동안 빨지 않았던 와이셔츠에, 군데군데를 깁고 끄나풀로 묶은 배낭을 메고, 줄곧 같은 방식으로 옷을 입었던, 나는 마레 지역에 있는 생폴 생루이 (Saint Paul Saint Louis) 교회로 들어선다. 교회는 나름대로 특색이 있다... 허나 그것은 다음번에 다시 말하겠다.

이 성당의 제단은 「엠마우스의 식사」를 표현한 조각술로 장식되었다. 이 돋을새김이 소개된 엽서 카드를 살 수 있음을 확인했다. 하지만 어디로, 누구에게 보내랴?

중앙 회중석 입구에는, 탁자가 있고 글을 읽고 있는 한 남자가 앉았다. 나는 그에게 말을 건넨다.

"실례합니다. 질문 하나 드려도 될까요?"

그가 말하기 위해서 곧바로 일어섰다. 지극히 명백한 노숙자에게. 그 어떤 방문객에게, 가장 귀한 손님에게 대하듯이 정중하고 상냥하게 말하기 위해서.

나는 깜짝 놀랐다. 이와 같은 경우가 몇 번이나 있었나. 보통은 일어서기 직전의 첫번째 동작을 보이고, 그런 다음에 나의 사회적 경제적 위치를 순간적으로 판단하는 빠른 시선, 그리고 상대방은 계속 앉아 있었다.

나는 감격했다. 너무나 단순한 행동이 복음서 속에 나직한 걸작품이다. 아스팔트 위에 반짝이는 진주와도 같다.

그의 웃옷의 단춧구멍 속에 작은 십자가가 빛난다.

신부님이다. 그리고 어쩌면 예수회 수도사의 신부님. 내 생각에 교회는 이런 규율을 항상 간직했던 것 같다. 그것은 게다가 비뇰(건축가)이 지은 로마 교회의 윤곽선을 만들어 냈다.

*

조금만 더 있으면 저녁 여섯 시이다. 세라핀 형제가 세 성직자의 예배당을 열 것이다.

나는 르쿠르브 길, 이 정겨운 길을 이미 돌아다녔고, 익숙한 생각들이 나의 마음 속으로 찾아왔다.

만약에 우리가 가난으로 자발적으로 되돌아온다면... 어떻게 될까?... 사람들을, 이웃을 갈라놓은 벽을 확실히 줄여 놓을 것이다. 그것의 나의 벽. 자존심을.

자존심은 우리가 선명하게 볼 수 없는 것과, 항상 자신의 이익만을 추구하는 것을 통해서 보는 화면과도 같다. 당신은 괴롭습니까? 괜찮습니다 (나는 괴롭지 않습니다). 이 또한 지나갈 것입니다. 아, 지금 현재, 고통을 느끼는 사람은 바로 저입니다. 어떻게 이것이 당신에게 별 일이 아닐 수 있습니까? 당신은 무의미한 위로의 말들을 저에게 하시는군요.

그래도 역시 자존심은 청소년기의 도약과 분리시킬 수 없는 것이다. 마치 사람이, 그 내면에서 일어나는 것을 통해, 처음으로 본 것을 통해 스스로 현혹된 것과도 같다.

자연스러운 무언가는 바로 그것이다.

시험 기간(그리고 학창시절만이 아닌)은 그를 긴장시킨다.

그러나 우리가, 이른바, 자기 자신을 알아간다고... 하는 것처럼, 만약에 실질적으로 보다 더 나은 것을 원한다면, 만약에 자비를 구할 용기도 없다면, 보다 더 수월한 연습도 있다. 예를 들어 그러모는 것, 누군가가 버린 담배꽁초를 주워서 쓰레기통에 넣는 것 (테러리즘과 맞서 싸우기 위해서 땅바닥에 딱 붙어있지만 않다면).

그리고 우리는 다음과 같은 무례한 내면의 소리의 합창곡을 듣게 될 것이다.

"지나가는 아무개 뒤를 쓸어 모으는 것이.... 내가 이런 대가를 치르려고 한 것이 아닌데... 왜 이 모든 것을 내가 해야 돼?... 어리석은 짓으로 시간 낭비만 하고 있네..."

그것을 잡아라. 그러면 너에게 올 것이다. 그리고 모든 사람들은 너 또한 불필요하다고, 너 또한 마찬가지라고... 생각할 것이다, 라고 마치 버려진 쓰레기 자체가 불필요함의 멸시라도 안고 있는 것처럼.

바쁜 행인들이 아무도 뒤돌아보지 말아야 할텐데.

거리에 사람이 아무도 없을 때에도.

연습할 수 있는 다른 방법은 아주 많다.

"네 영혼을 위해서 무엇을 먹을까 무엇을 마실까를 염려하지 말며, 네 육신을 위해서 무엇을 입힐까를 염려하지 말라...."고 세라핀 형제가 읽는다.

"... 새들을 보시오. 그들은 씨를 뿌리지 않고 수확하지 않습니다... 백합꽃을 보시오. 어떻게 자라는가를! 그들은 일하지 않습니다. 실을 잣지 않습니다..."

따뜻한 미광. 불켜진 양초들.

해결책이 윤곽을 드러내기 시작한다.

'... 그리고 모든 영광 속에 살로몬 왕은 다른 모든 사람들처럼 옷을 입지 않았다.'

백합과 살로몬 왕.

백합과 왕!

아, 프랑스 군주 정치에서 백합이 어디에서 왔는지를 보라.

나의 수첩 속에는, 내가 언젠가 길에서 주운 문장과 함께 뎃생이 그려져 있다. 바로 그것이다! *"Lilia non laborant neque nent."*은 거의 성구 상자에 관한 인용문이다.

백합꽃은 일하지 않고 실을 잣지 않는다.

"내일 불길에 던져질 들판의 한낱 풀들도 신이 그렇게 입히거늘, 믿음이 약한 자여, 너희 사람인들 어찌 더욱 더 돌보지 않으리요?"

만약에 십중팔구 이 격언이 성서에서 나왔다면, 우리가 그 이후에 대해서도 이야기할 수 있지 않을까?

"들판의 풀들은 오늘 여기에 있지만... 내일은 불길 속에 던져질 것이다."

백합꽃은 혁명의 불길 속에 버려졌었다.

예언은 I 세기에 언도되었고, X 세기 혹은 XI 세기에야 비로소 시민들에게 되돌아갔다. 한편 백합꽃은 왕에게 헌정되었다.

예언은 7세기 후에 실현되었다. 혹은 8세기 이후에, 하지만 그것은 더 이상 중요하지 않다.

오늘은 XII세기이다... 그리고 내일은 XVIII 세기가 될 것이다. 하늘의 나날은 세기들과 같다...

이 예언을 아무도 읽지 않았다는 것이 신기하다.

마치 세상이 제 자신의 삶을 산 것처럼, 성경 속의 배움도 나쁠 것이야 없다는 것을 가끔은 상기하면서. 하지만 시간이 부족하다.

예배가 끝났다.

세라핀 형제가 창문에 달린 덧문을 닫는다.

늙은 블라디미는 구부리고 앉아서 자신의 저녁 차를 마신다.

덩치가 큰 레모는 문을 두드리고는 방 안으로 침입했다. 문지방에서부터 그는 우리에게 한 무더기 정치 소식을 던진다. 그럼에도 불구하고 세라핀 형제는 잘 듣지 못한다. 그리고 블라디미는 이미 자신의 보청기를 귀에서 거둬냈다.

"난 라디오 플러그 뽑았어."

그가 말한다.

우리는 차를 마셨다.

"너 읽고 있는게 뭐야?"

형제가 따져 묻는다.

"자, 봐. 옆에 본당「생트 아방동」에서 이것을 나에게 가져다줬어."

비탈 신부님께서 편찬하신 유명한 책이고, 브리끄백 수도사에 의해서 오십 년대에 간행되었다. 품절이 되지 않았다.

레모도 들여다본다. 큰 책이고 서체는 작다. 오랫동안 읽을 수 있을 것이다. 평생을 두고.

"형띠에 고성 길 숙소에서 묵으려고 안 해봤어?"

그가 갑자기 묻는다. 마치 조언을 해 준 것처럼.

그곳을 알고 있다. 하지만 날씨가 춥지 않은 이상, 고집을 부릴 수 있다. 불어에서 말하듯, 딱 '까다로운' 이다.

"밖에서 자는 데 있을 건 다 있어."라고 내가 말한다.

"사명감이지."라고 세라핀 형제.

레모가 의심스런 눈초리로 그를 쳐다보지만 말은 별로 하기 싫은 눈치다. 그는 절대로 대화하지 않는다.

갑자기 그가 웃는다.

"형띠에 (금리생활자들) 고성이라! 그런 금리생활에, 그런 고성이라니!"

실로 그건 재미난다.

"기가 막힌 고성에, 기가 막힌 금리생활이라, 어허허!"

이렇게 해도 재미있긴 마찬가지다.

우리는 차갑고 비 내리는 거리로 함께 나와 밤에 문을 닫는 소공원 (어쩌면 또 옛 묘지) 앞 보지라르 지하철역을 향해 오른다.

지하철역 근처에서 한 남자가 쓰레기통을 뒤진다. 그런 뒤에 긴 담배꽁초를 주워서 그것을 숨긴다. 레모가 동전으로 꽉 들어찬 자신의 무거운 호주머니로 손을 밀어 넣는다.

"너한테 동전 한 닢 줘도 돼?"

레모가 자신의 손가락 사이에 끼워서 건넨 오 프랑을, 남자가 조심스럽게 받아들고는 자세히 들여다보더니, 고개를 설레설레 가로저으며 되돌려준다.

레모가 너무 놀란다.

"너 무슨 일이야! 이거 진짜 돈이야! 자, 하나 더 받아!"

십 프랑짜리 한장이다!

남자는 부정적으로 또다시 고개를 가로저었고, 서두름 없이 우리에게서 멀어졌다. 너무 짧은 바지, 운동화, 약간 작은 잠바를 입은, 극빈자의 전형적인 차림새. 박애의 손길이 더 이상 그에게 닿을 수 없었다.

"그럼, 좋은 저녁되시고, 안녕히, 잘자!"

세라핀 형제는 클라마르에 있는 자신의 집으로 돌아간다. 레모는 분명 어딘가에 있을 그 무슨 '고성'으로 또 갈 것이다.

우리가 블라디미를 잊었네! 하지만 그는 아주 오래 전부터 잠이 들었고 어쨌거나 소성당 근처에 있는 자신의 골방에 틀어박혔다.

게다가 그는 일 년 혹은 이 년 뒤부터 아프기 시작했다. 생트 쥬느비에브 데브와의 요양원으로 옮겨졌다. "여기가 더 편하실 거예요. (우리한테도 마찬가지고...)" 얼마 후에 그는 죽었다.

*

밤.

겨울.

올해는 춥지 않다.

특별히 나를 재우치지 않으면서, 하루 일과의 피곤함을 느끼면서, 가장 짧은 길을 골라서 나는 나의 안식처로 향한다.

르쿠르브. 골목길. 지상 지하철. 둥근 광장. 파스퇴르 동상의 하얀 실루엣의 물결들. 어둠 속에서 지식인은 저 멀리 전기불로 밝혀진 생트 루이의 둥근 지붕을 바라본다.

생트 프랑스와 사비에 (Saint François Xavier) 교회는 창살이 둘러쳐져 있었다. 하지만 그곳은 밤에 문을 잠그지 않는다. 단지 서쪽으로 돌아가 벽 근처를 더듬어 둘러가기만 하면 된다. 아니면 정면 쪽, 동쪽으로 가던지.

나는 이미 현관 앞에 나무 계단을 오르는 중이었다.

세상의 조화가 사건들과 예측들 속에서, 그럼에도 불구하고 드러나고 있다. 마치 성경 속에 왕궁의 백합처럼. 하지만 가끔은 이후에 카오스가 일어난다...

경광등을 단 자동차가 창살 뒤쪽, 나의 정면에서 멈춰섰다. 자동차 문짝들이 철커덩했다. 경찰들이 곧 차에서 내리더니 창살 근처로 다가왔다.

"아저씨, 무얼 찾으십니까? 주민증 있으세요? 이쪽으로 나오십시오."

나는 움직일 시간이 없었다. 한 남자가 어슴푸레한 빛 속에서 순식간에 나왔다.

"무슨 일입니까? 저는 이 성당 신부입니다."

그리고 이제는 경찰이 설명했다.

"순찰 중입니다... 배회하는 사람이 있다는 신고 전화가 들어와서요. 우리는 확인차 왔지만, 혹시 결례가 되지 않으시다면..."

"아니요, 결례되지 않습니다."

그리고 그는 사라졌다. 경찰들도 사라졌다.

하지만 나의 놀란 가슴은 지속되었다. 마치 세력들이 내 옆에서 서로 마주쳤고 부딪쳤던 것처럼, 나의 머리 위에서 그것도 나 때문에.

그러니 생각해 보세요! 이렇게 나를 지켜 주셨으니.

낯선 사람이 보호해준 그러한 놀라움, 그런 뒤에 그는 떠났다.

봉뒤유 (하느님의) 숙소에서 나의 지난 밤들을 당신에

게 이야기했을 때 나는 이러한 것들을 진지하게 말했다...

그러니 안녕히 주무십시오!

1996년 12월, 성탄절

지난날을 되돌아보고 되살리면서 이 기록들을 정리하는 동안, 현재는 잊혀지지 않을 방식으로 사건들을 서서히 쌓아 가면서 일어났다.

　파리, 뽀르트 로얄 수도권 고속전철역에서 12월 3일에 폭발 사건으로 죽고 다친 사람들, 루마니아 밀입국자 (51명) 를 프랑스 국외로 추방한 사건과 관련해서, 그 어떤 다른 소식은 언론에 보도되지 않았다. 장 Uhl 신부님은 알자스 지방에 킹궤르세임이라는 작은 마을에서 숨진 채로 발견되었다. 그는 노숙자들과 추방자들을 돌보신 행적으로, 인자함으로 유명하신 분이셨다. 경찰은 그의 팔과 등에서 서른세 개의 부상을 헤아렸다. 서른 셋... 모두가 잘 알다시피, 만약에 우연이라는 것이 없다면, 결국... 어떤 무분별한 분노의 이름이 늙은 신부의 육신에 새겨졌단 말인가?...

　그럼에도 불구하고 명절이 우리를 찾아왔고, 페루의 혁명가들은 '성탄절을 위해서' 특별히 그들의 인질들을 반 이상이나 풀어 주었다. 파리에서는, 노숙자들을 위해서 두 번째 지하철역을 밤에 열어 주었다. 날씨가 춥다. 동사자 다섯 명을 발견했다. 12월 30일에는 이미 일곱이 되었다. 그리고 부쿠레슈티 (루마니아 수도) 에서는 스물네 명.

돌이킬 수 없는 슬픔이 되지 않도록 환희의 순간들이 사람들에게 주어졌다. 환희가 진력나게 자리잡지 않도록 그리고 자만심으로 변하지 않도록 공포가 사람들에게 주어졌다.

이제는 평화로운 순간이다. 불켜진 양초와 각양각색의 등불들이 무언가를 기다리며 희망을 불어 넣는다. 그리고 얼마간의 망설임 뒤에 프랑스의 수호자 성인, 생트 루이 (Saint Louis) 교회 안에서, 다른 이들 속에서 자기 자신을 발견하는 바. 수만가지의 얼굴들! 눈을 감고 집중하고 빛나는 신자의 얼굴 속에서 성자의 이미지도 함께 발견하는 책임이 오늘 나에게 주어졌다.

클라라를 위한 환희의 순간. 선물을 받고 포장을 뜯는 것! 열 살짜리 아이의 황홀한 마음에 모두가 열광한다. 그리고 다른 사람들보다 더 - 스물한 살 밖에 안된 안나, 그리고 부모들 - 철학과 희망 없는 세상사 문제로 심심풀이를 하는 마들렌느, 보리스... 생트 토마스 아퀴네스의 고서에서 레시피를 찾아낸 중세시대 요리로 안주인도 모두를 위한 선물을 준비했다. 감격의 순간은 여전히 지속되고 그것이 누그러질 때 클라라는 올해 배운 하지만 너무나 오래된 크리스마스 케롤 송을 흥얼거리며 분위기를 다시 띄울 것이다.

Stille Nacht, heilige Nacht.
Alles schlÄft, einsamwacht...

안나는 런던에서 돌아왔고 영국식 분위기를 물신 풍긴다. 그녀는 어쩌면 이렇게 듣는 것을 더 좋아 할지도 모르겠다.

Silent night, holy night...

하지만 불어로도 역시, 왜냐하면 우리가 이 나라에 살고 있으니까.

Douce nuit, saint nuit... (고요한 밤, 거룩한 밤...)

러시아어로 이런 노래는 존재하지 않는다.
내가 언젠가는 그것을 번역해야 겠다.

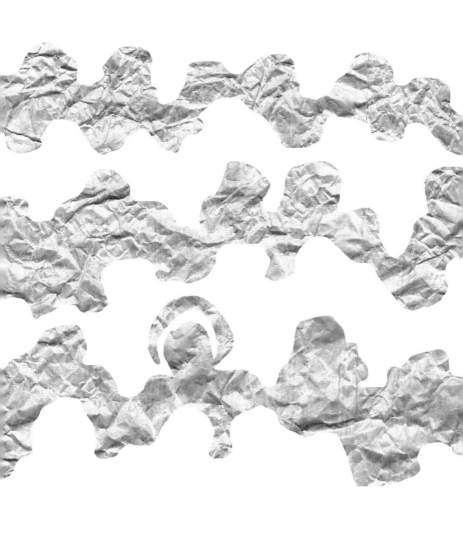